Goobjooge

Goobjooge

Qisadii Al-itixaad iyo Cabdullaahi Yuusuf

Daabacaaddii 3aad

Abdibashir
MXG

LA SOO XIDHIIDH

Waxaan aad u tixgelinayaa qof kasta oo akhriya buuggan oo ii soo sheega sida uu la yahay. Haddaba adiga oo mudan iigu soo hagaaji wixii talo iyo tusaale ah amaba dalbasho iyo danayn ah:

Email: **abdibashir@hotmail.com**

Third Edition, Sweden, Stockholm 2022.
Daabicidda 3aad, Iswiidhan, Stockholm 2022
Printed & bounded by: Ingramspark
Waxaa Daabacay: Ingramspark
Published & Distribute
Eurosom Books
Stockholm, Sweden
abdibashir@hotmail.com

EUROSOM BOOKS

ISBN: 978-91-984421-7-5

TUSMADA BUUGGA

SAMATAR DUCAALE

Waxa jira waxyaalo fara badan oo aanay aadamuhu isku raacsanayn xaqiiqadooda. Waxa ka mid ah waxyaalahaas qaar la isku waafaqsan yahay jiritaankooda balse la isku diiddan yahay waxa ay yihiin. Riyooyinka ayaa ka mid ah. Dadka oo dhami waa ay riyoodaan oo ma jirto cid dafiri karta jiritaanka riyada. Laakiin dadka qaarba wax bay ka aaminsan yihiin xaqiiqadeeda.

Qaar waxay u qabaan khiyaali aan waxba ka jirin oo ay maskaxda huruddaa is tusto. Qaar kale waxay u haystaan waxyaalo la soo dhaafay oo maskaxdu dib u soo celiso. Halka qaar kalena ay u arkaan cilmi-qayb[1] loo daahfurayo[2] qofka hurda. Ilaahay baa xaqiiqda og, laakiin anigu waxaan u qabaa in ay riyadu saddexdaas qayboodba leedahay, mararka qaarkoodna ayba noqon karto farriin dahsoon oo looga baahan yahay qofka in uu furfuro. Maxaa yeelay riyooyin badan oo aan marka hore la fahmayn ayaad beri danbe indhahaaga ku arkaysaa iyaga oo aan riyo ahayn.

Tusaale ahaan sannadihii 1991-1992 waxay ahaayeen sannado ay riyooyinku aad ugu badnaayeen qaybo ka mid ah bulshada Soomaaliyeed. Waxaaban odhan lahaa

---

[1] Cilmi-qayb waa waxyaalaha aan dadku ogaan karin ee alle kelidii ogyahay.

[2] Daahfur = waa muujin ama daboolka ka qaadid.

ha loo bixiyo sannadihii riyooyinka. Waa sannadihii qalalaasaha dagaal iyo qaxu saameeyeen dhammaan dacallada geyiga Soomaaliyeed, gaar ahaan dhul weynihii Jamhuuriyaddii Soomaaliya. Marka aad dib ugu noqoto riyooyinkaas, dhacdooyin fara badan oo ka danbeeyeyna aad u fiirsato, waxaa kuu soo baxaya in ay xambaarsanaayeen farriimo digniin ah oo furfuris u baahnaa.

Dadka riyooyinka layaabka leh arkay xilligaas 1991-1992 waxaa ka mid ahaa Samatar Ducaale oo ahaa wiil dhallinyaro ah oo wadaad ah. Da'diisu labaatan jir ayey madaxa la sii gelaysay xilligaas. Magaalada Hargeysa ayuu ku noolaa ka dib markii uu ka soo laabtay xeryihii qaxootiga ee Soomaaligalbeed ama Bariga Itoobiya. Samatar wuxuu ka mid ahaa taageerayaasha ururkii lagu magacaabi jiray al-Itixaad al-Islaami oo beryahaas si xawli ah ugu faafayey Geeska Afrika inta ay Soomaalidu ka degto. Waayadaas wuxuu Samatar isku arkay riyooyin door ah oo aanu hore u lahaan jirin, qaar badan oo ka mid ahna waxa uu markii dambe u aqoonsaday in ay ahaayeen farriimo aanu markii hore ku baraarugsanayn oo gadaal ugu caddaaday. Bal hadda aan la eegno mid ka mid ah riyooyinkaas oo uu Samatar inooga warramo sidii ay u dhacday iyo sidii ay u dhabowdayba.

RIYADII YAABKA LAHAYD

Wuxuu yidhi Samatar Ducaale:

"Waxaan ku riyooday aniga oo jooga masjid-Jaamaca weyn ee Hargeysa. Waxaan fadhiyey jardiinooyinka debedda ee ku jeeda deyrka weyn ee dhinaca galbeed kaga weegaaran masaajidka. Waxaan la joogay halkaas dad aanan xasuusan wajiyadooda balse u muuqday saaxiibbaday. Waxay ahayd goor barqo ah oo aan hubay in aaney salaaddii duhur weli soo dhaweyn. Habase ahaatee waxaannu maqallay eedaan ka yeedhaya masaajidka gudihiisa. Waannu yaabnay! Saacaddii ayaan eegay mise waa abbaaro[3] 11:kii barqonnimo. Cajiib. Toloow maxaa dhacay? Waannu iska galnay masaajidkii maaddaama xaya-cala-salaad lagu dhawaaqay. Masaajidka dad badaniba kuma ay jirin. Dad aan toban ka badnayn oo aan wada garanayey ayaa salaaddaba isu diyaariyey.

Halkii aannu ku ururi lahayn meesha salaadda laga hago ee mixraabka [4] agtiisa, maannu yeelin ee waxannu tagnay xagga ugu dambaysa oo xigta koonaha Koonfur-galbeed. Cajiib. Kaaga darane, halkii aannu u

---

[3] Abbaaro = waa tilmaan wakhtiga iyo goobta lagu tilmaamo oo la mid ah "qiyaastii"

[4] Mixraab = waa meesha imaamku istaago marka uu tukinayo ee masaajika ka mid ah

jeesan lahayn jihada Kacbadu naga xigto oo ahayd waqooyi qumman, iyadana ma aannaan yeelin. Waxaannu u jeesannay dhinaca Koonfureed. Waxaannu u safannay salaaddii. Sabab aanan hadda garan karin darteed, ayaan anigu u soo baxay in aan tujiyo dadka. Waxaan u sheegay in ay safka toosiyaan, sida imaamadu yeelaan oo kale. Markii aan isu diyaariyey in aan salaadda xirto ayuu hore u soo baxay nin oday ah oo aan garanayey. Wuu isa soo kay garab taagay, sidii uu isagu imaam noqonayo. Dabadeedna kooxdii kale ayuu u sheegay in ay safka isku simaan. Taas waxaan u qaatay in uu iga qaaday imaamnimadii aan isu diyaariyey. Aad ayaan ugu cadhooday ninkaas. Dib ayaan isaga baxay oo aan safkii isaga galay. Isagiina salaaddii ayuu noo xidhay. Sidii ayaannu ku tukannay. Kooxdaasi waxay ila ahaayeen rag aannu is wada naqaan. Laakiin waxaan magaciisa ka xusi karaa ninkii na tujiyey oo keliya. Wuxuu ahaa Sheekh Xandulle oo ka mid ahaa culimada magaalada iyo madaxda ururka al-Itixaad. Wuxuu ahaa nin aan xushmad badan u hayo sidiisa kale.

Riyadii halkaas ayey ku dhammaatay. Markii aan soo toosay, aad ayaan isu waydiiyey wixii aan arkay. Bal u fiirso wixii aan ku riyooday:

1. Waxaa la eedaamay wakhtigii eedaanka ka hor
2. Waxaannu tukannay wakhtigii salaadda ka hor
3. Waxaannu ka bilawnay safka halkii ay safafka ugu danbeeyaa is taagi lahaayeen
4. Waxaannu u tukannay meel aan jihadii salaadda ahayn (Koonfur).

Arrimahaas oo dhami waxbay sheegayeen. Waxaan ku qanacsanahay in anay khiyaali ahayn. Waxaan kale oo ku qanacsan ahay, in aanay ahayn wax hore ii soo maray oo maskaxdu hurdada ku soo ceshatay. Runtii anigu ma aan fahmin riyadaas. Cid fahantay oo i fahansiisana ma aan helin. Dhug sidaas ahna umaba aan sii yeelan sii furfuriddeeda. Laakiin wakhtiga ayaa furfuray oo farta iga saaray farriintaas dahsoon macneheeda."

WAA LA BAXAYAAYE, IS DIYAARI

Haddaba muddo ka bacdi ayaan naawilay[5], in aan u safro xaggaas iyo magaalada Burco. Tegitaanka Burco wax dan ah kama aan lahayn, ehelna iima joogin. Laakiin dad aannu asxaab nahay oo badan ayaa degganaa. Waxaan iska rabay uun in aan soo booqdo. Isla ayaamahaas waxaan ka imid dhinaca Jabuuti oo aan bilo ka hor yara gaadhay. Waxan kala imid waxoogaa lacag ah iyo shandad dhar ah oo aan ka soo helay qaraabadayda kala duwan ee reer Jabuuti.

Saacaddu markii ay ahayd siddeedii subaxnimo aniga oo isu diyaarinaya ambabaxa safarkayga Burco oo shandadii ku guranaya alaabtii aan qaadan lahaa, ayuu kadinka ka soo galay nin aannu isnaqaannay. Waa Cabdi-Farjanno oo aan hore weligii u imanin guriga aan deggan ahay. Ku ye:

- Asalamu calaykum wa raxmatullaahi wa barakaatuh
- Wa calaykuma salaam
- Walaal waxa lagu yidhi dhakhso u soo bax!
- Maxaa dhacay? Yaa i yidhi soo bax?
- Waa la baxayaa. Meel ayaa loo safrayaa, adiguna waxaad ku jirtaa dadka baxaya. Markaa dadkii kale oo dhami waa ay isu yimaaddeen, adigana waxaa lagaa

---

[5] Naawil = doonid, niyeysi

rabaa in aad timaaddo istaanka[6] ay ka baxaan baabuurta Burco.

- Maxaa jira, dee bal ii warran?
- Wax faahfaahin ahi ma jirto. Sheekh Xandulle ayaa ii soo kaa diray.

Ma xasuusataa Sheekh Xandullihii riyada dhexdeeda nagu tujiyey, ee weliba aniga imaamnimada iga beddelay? Waa laftiisii ninkan Farjanno ii soo diray. Waa ninkii kelidii aan magaciisa ka xasuustay kooxdii riyada aannu isku aragnay. Cajiib. Inankii Farjanno waxaan ugu jawaabay in aan diyaar ahay oo aan dhakhso u imanayo goobta la iga rabo. Isaguna sidii ayuu igaga noqday si uu u soo diyaar garoobo. Isaga qudhiisu safarka ayuu raacayey.

Yeedhmadan sabab aan ku diidaaba meesha ma ay oollin, waayo waxbaba kuma aan mashquulsanayn. Xitaa safarkaygan Burco shaqo la'aan ayaa ii geynaysay. Teeda kale dhinacii aan u socday ayaaba loo safrayey. Arrintu waxay u eg tahay sheekada tidhaahda "Reer aan rabay roob igu eri", ama ka sii fiicnaydba. Xitaa haddii aan mashquul ahaan lahaa ma aan diideen amarka ka yimid Sh. Xandulle. Waayo? Dee waxa nalagu carbiyey[7] u hoggaansamidda madaxda. Taa ka sokowna Xandulle wuxuu ahaa nin haybad badan oo shakhsiyad wanaagsan oo aan uba qalmin in hadal lagu

---

[6] Istaan = waa meesha baabuurtu ka baxdo. Asalka kelmaddu waa ingiriisi

[7] Carbin = tababar, jarobar, laylyid

celiyo. Wuxuu ahaa nin aamus badan, oo xishood badan, oo aan indhaha ku caddaynin dadka.

Markiiba waxaan iska xaadiriyey halkii Istaanka basaska Burco ka bixi jireen oo markaas ahaa sekeddii uu ku yaallay fooqii Cawil-curyaan[8]. Waxaan kula kulmay raggii aannu wada socdaali lahayn. Waaban wada garanayey marka laga reebo shan nin oo Boorame ka yimid, mid Gebilay ka yimid iyo Muumin Yare. Waaba afar Maxamed, saddex Axmed, saddex Cabdiraxmaan, laba Cabdalle, laba Muuse, hal Saleebaan, hal Ismaaciil iyo aniga. Ma ay wada joogin kolkaas Istaanka, laakiin waa intii aannu isku lugta noqonnay aakhirkii.

Waxaan raggii kale hoos u wayd-waydiiyey xagga aannu ku soconno. Waxa ii soo baxday in aannu ku soconno xaggaas iyo Boosaaso. Waayo? Maxaannu Boosaaso ka doonaynaa? Waayadeed dee? Taasi wax la is waydiiyo maba ay ahayn. Tababar milletari ayaannu ka soo qaadan lahayn Boosaaso si aannu waddanka u badbaadinno. Waddanku khatar ayuu ku sugnaa berigaas. Magaalooyinka Burco iyo Hargeysa dadku lafahooda uma ay haysan nabadgelyo. Magaalada Berbera waxaa ka socday dagaallo sokeeye oo aan arxan lahayn. Shicibkii Berbera degganaa buuraha ayuu qaxooti ku ahaa, qaar badanina waxay u kala firxadeen dhinaca Hargeysa iyo Burco. Maalin walba waxaa waddooyinka dalka oo dhan ka dhici jiray dil iyo

---

[8] Waa sekedda uu ka bilawdo fooqa City center

furasho. Dadku lafahooda ayey u baqayeen. Waxay u afduubnaayeen dayday[9] aan Ilaahay iyo Nebi toona xurmayn oo dagaal iyo dhac keliya yaqaannay.

Daydaygu waxay ahaayeen qaar arxan daran oo sida ay u dhaqmayaan aanu caqligaagu keenayn. Waxaan xasuustaa maalin maalmaha ka mid ahayd oo dad ka qaxayey magaalada Berbera loo galay jidka isku xidha Hargeysa iyo Berbera. Baabuurro tobaneeyo ah oo carruur iyo dumar qaxayey ka buuxeen ayey jidka u galeen niman dayday ah oo ka mid ahaa kuwii isku haystey magaalada Berbera. Si aan kala eegid lahayn oo ku talogal ah ayey rasaas ugu fureen. Waxaa halkii ku xasuuqmay dad aan tiradooda la soo koobi karin oo aan waxba galabsan.

Maalin kale aniga oo la socday baabuur ka yimid magaalada Berbera ayaa nalagu joojiyey meesha la yidhaado Dhubbato. Qoryo cabbaysan ayaa dhuunta nalagaga wada qabtay. Naxdin ayuu dhulku nala wada wareegay. Waxa keliya ee aannu sugaynay waxay ahayd marka ay xabbadu na leefi doonto. Qofna hadal kama uu soo baxayn. Ninkii darawalka ahaa ayaa is yidhi nimanka muslax. Dabadeed inta ay la degeen ayey qori dabadii iimaanka kaga qaadeen[10]. Waxay ku garaaceen qoryaha dabadooda, ilaa aannu is nidhi naftiba way ka

---

[9] Dayday = kooxaha hubaysan ee Soomaalida, gaar ahaan kuwa ka soo jeeda ururkii snm-tii. Gobolada bariga Somalia waxaa looga yaqaan "jirri", koofurtana waxaa looga yaqaan "Mooryaan"

[10] iimaanka kaga qaaday = si xad dhaaf ah (waa sarbeeb)

baxday. Runtii waxay ahayd aragti naxdin leh. Aakhirkii Ilaahay ayaa naga sii daayey. Waddanka waxaa ka jirtay argagixiso aan qofna dhaafin. Waxaase ugu dhimasho badnaa kuwaas daydayga ah ee dadka dhibayey; laftooda.

Madaxdii dalka talo farahooda waa ay ka baxday. Quus ayey dadka intooda badani ku dhawaaayeen. Laakiin culimada diinta qayb ka mid ah oo ka maqnayd masraxa siyaasadda ayaa is tusay in ay ummadda ka badbaadiyaan qaskan. Calammo nabadgelyo ayey la dhex yaaceen kooxihii hirdamayey. Dhegba waa loo jalaqsiin waayey. Dabadeed waxay is tuseen in aan sidan lagu eegan; karin dalka iyo dadkiisa. Waxay isku qanciyeen in la abuuro cudud milletari oo ummadda ka qabata ilma dayday[11]. Magaalooyinka Burco iyo Boorame waxa laga furay xeryo lagu tababaro ”Badbaadiyeyaasha dalka”. Annagana waxaa naloo soo xulay in aannu soo qaadanno tababar heer sare ah si aannu u tababarno ”Badbaadiyeyaasha dalka” ee gobolkii Waqooyi-galbeed, Hargeysa.

Magaalada Boosaaso waxaa ku yaallay saldhigyo ciidan oo ay samaysteen ururkii al-Itixaad al-Islaami oo berigaas ku xoogaystay gobollada Bari, Nugaal, Sool iyo qaybo ka tirsan Mudug. Halkaas ayaa naloo dirayey si aannu ugu soo qaadanno tababarkan naloo dirayo.

[11] ilma dayday = daydayga

Sababta keentay in gobolladani ay hoy u noqdaan ururka Al-itixaad, waxay ahayd laba arrimood oo kala ah:

1. Markii dagaalladu ka dheceen Soomaaliya 1991kii ee Xamar laga qaxay ayey qaybo Al-itixaad ka mid ah oo dhinaca Kismaayo u qaxay is hortaageen ciidammadii USC ee General Maxamed Faarax Caydiid. Dagaal ayaa ku dhexmaray meesha lagu magacaabo Araare. Waxay u badnaayeen dhallinyaro aan lahayn khibrad dagaal oo reer magaal ah. Dagaalkii khasaare aad u weyn ayaa ka soo gaadhay. Wax dhintay iyo wax dhaawacmay ayey u bateen. Dabadeed dhaawacii qaybo ka mid ah waxaa loo daadgureeyey dhinaca Boosaaso iyadoo laga wareejiyey xagga badda. Taasi waxay keentay in shicibkii deggenaa gobollada Waqooyi Bari, Soomaaliya ay si kal furan u soo dhaweeyaan. Sida xaqiiqda ahna waxay ahaayeen iyaga laftoodu, dad gobolka u dhashay.

2. Arrinka kale, wuxuu ahaa in gobolladaas aanu ka jirin wax mamul ah. Markaa odayaashii Boosaaso waxa ay isla garteen in ilaha dhaqaalaha, sida dekedda oo kale loo dhiibo culimada. Dhaqaalaha ka soo baxa dekeddana, waxay u gudbinayeen odayaasha, marka ay ka goostaan khidmad la isla af gartay oo ahayd boqolkiiba labaatan (20%).

Labadaas arrimood waxa ay sababeen in gobolka ay ku soo ururaan culimadii iyo ardaydii Al-itixaad al-islaami gaar ahaan kuwii u dhashay deegaankaas. Dabadeed waxa ay isu abaabuleen qaab milletari iyo qaab siyaasadeed, iyagoo markii horena u abaabulnaa qaab xarako diin-faafineed. Dabadeed waxaa is tusay oo u muuqday in ay halkan uga soo dhawaatay ujeeddadoodii fogayd ee ahayd in shareecada islaamka laga hirgeliyo dhammaan geyiga Soomaalidu degto.

SAFARKII DHEERAA

Basku wuxuu nala dhaqaaqay abbaaro 11:00 barqonimo. Waxaannu qaadnay waddada laamiga ah ee bariga uga baxda Hargeysa. Waxanu sii marnay **Hallaya**, Aw-**barkhadle** iyo **Dhubbato**. Dabadeed waannu ka leexannay laamiga, maxaa yeelay Berbera lama mari karahayn; colaadaha dartood.

Waxaannu sii marnay tuulada **Gadhka** Warsame-Xaad. **Cadaadley** waxaannu ka marnay, dhinaca Koonfureed laakiin way noo muuqatay. Waxaannu ka tallownay togga **Daldawan** oo naloo sheegay in waayadii hore qaadis lagaga tallaabin jiray dumarka guur ahaan loola soo baxay iyadoo laga cabsi qabo in reerka cusub balaayo ku dhacdo hadday gabadhu togga cageheeda kaga tallowdo.

Tuulooyinka kala ah **Go'da** iy **Haqayo**-Malaas ayaannu sii marnay, dabadeed waxanu u leexanay dhinaca **Oodweyne**. Waxaann ku sii tukannay Masaajidka Oodweyne, waxaana si gaar ah noogu shaxaaday halkaas nin aad u tin-wanaagsanaa. Waan la yaabay ninkaas, waxaabad i mooddaa in aan waagaas xaaraan u qabay shaxaadka. Waxaannu sii marnay **Ceelxume**. Galabtii oo ay cedceeddu liiqa sii dhigayso ayaannu **Burco** galnay. Waxaannu ku hagaagnay Masaajidka **Afgooye**. Halkaas ayaannu ku barinay habeenkii. Aniga iyo rafiiqa qaarkood maannu seexan masaajidka ee asxaab ayaannu la soo seexannay. Burco waa magaalo fiican. Dadkeeduna waa sidoo kale.

Kaftanka iyo dacayaadda Soomaalida wax baa ka dhinnaan lahaa haddii aanay reer Burco jiri lahayn. Yaaba la dacaayadayn lahaa ee kale? Yaase cid walba iska celin lahaa iyaga mooyaane?

Subaxdii danbe ayaannu isu diyaarinnay ambabax. Sheekh Xandulle, oo ahaa hoggaankayagii na waday, halkaas ayuu nagaga noqday. Cid kale ayaa nalagu daray. Bal u fiirso, Sh. Xandulle wuxuu ka laabtay halkii aan anigu ku talo galay in aan ka laabto; markii hore, anna kooxdiisii ayaan la lug noqday. Waxaannu qaadnay waddada laamiga ah. Tuulooyinkii aannu sii marnay waxay ahaayeen, **Yaroowe**, **Beer**, **Unuunley**, **Ina Dhakool**, **Ina Afmadoobe**, **Wadaamagoo**, **Caynaba**, **Ceelbaxay**, **Oog**, **Guumays**, **Yagoori** iyo **Adhi-caddeeye**. Waxannu hadhkii wax ka sii cunnay makhaayadaha **Ina Dhakool**. Galabtiina waxaannu ka sii shaahaynay tuulo aanan magaceedii xasuusan oo xagga Laascaanood ka xigta tuulada Oog. Waxaa iga yaabiyey lahjaddii[12] ay dadkaasi ku hadlayeen. Hadalka way boobayeen. Waxad moodaysay inay is wada dagaalayaan. Marka aan hadda arko reer Xamarka oo tilmaamaya lahjadda reer waqooyiga ee ay *qaldaanka* u yaqaannaan, waxa igu soo dhacda dadkii aan ku sii maray tuuladaas. Sidaas ay u sheegaan reer Xamarku ayey u hadlayeen.

Fiidkii hore ayaannu galnay magaalada Laascaanood. Waxa nala geeyey xero ay lahaan jireen milletarigii

---

[12] Lahjad = waa hab u hadalka deegaan u gaar ah

Soomaaliya oo markaa ay degenaayeen jabhaddii al-Itixaad al-Islaami. Halkii ayaannu u hoyannay. Subaxdii ayaa naloo furay is barasho na dhex marta, colkii aannu xerada ugu nimid. Iyaga ayaa noo bilaabay. Qof waliba wuxuu sheegay **magaciisa, xilihiisa**[13] iyo **qoladiisa**.

Waa markii iigu horraysay ee aan maqlo qof qabiilkiisa ku sheegaya meel gole ah. Waan yara jidhidhicooday. Tolow maxaa ku kellifay inay qabiil sheegsheegaan waaba wadaaddee? Waxa lay sheegay sabab aad u macquul ah oo ahayd, markii dagaalladu dheceen, la isma qabiil aqoon ee waa la is magac yaqaannay. Diiwaan aqoonsi oo kalena muu jirin. Dabadeed rag badan ayaa markii ay dhinteen dhinac loo qaadaba la garan waayey. Sidaas darteed waxa la soo rogay in la is haybsado[14] inta la nool yahay si la isu garto marka la dhinto. Waxba kama xasuusto raggii iyo wixii ay sheegeen, marka laga reebo laba arrimood oo kala ah:

1.) Qabiilooyin badan oo aan magacyadooda bartay
2.) Raggayaga safarka ahi in aannu wada ahayn doobab[15], da´doodu u dhaxayso 18 jir ilaa dhawr iyo labaatan jir.

Waxaannu u dhaadhacnay magaaladii, si aannu hadhaw uga sii baxno. Cabbaar[16] ayaannu joognay.

---

[13] Xile = waa xaas qabitaanka
[14] Haybsi = waa in qofka la waydiiyo "hayb"tiisa.
[15] Doob = waa qof nin ah oo aan weli guursan
[16] Cabbaar = waxoogaa, waxaa lagu cabbiraa wakhtiga iyo masaafada.

Kama muuqan magaalada raadkii colaadda iyo burburkii ka muuqday Hargeysa iyo Burco. Waxaannu ka iibsannay dukaammada, sharaab qardaasyo yaryar ku jira oo Yemen laga soo dejiyey. Hargeysa oo magaalo weyn ah, kumaanaan haysan sharaabkan aannu Laascaanood ka helnay. Sababtuna waxay ahayd dekedda Boosaaso oo si fiican u shaqaynaysay, una furnayd Laascaanood. Se dekedda Berberi way xidhnayd oo dagaallo sokeeye ayaa ka hulaaqayey.

Intii aannu magaalada Laascaanood dhex joognay waxaa la i tusay nin baastoolad xidhan oo lahaa timo weyn oo badhtanka ka kala jeexan, ladnaanina ka muuqatey. Waxa la iigu sheegay inuu yahay Ina Sheekh **Maxamed Rabiic**, hoggaamiyaha xerta Timo-weynta wiilkiisa.

Duhurkii ayaannu ka baxnay Laascaanood. Waxaannu sii qaadnay laamiga dheer ee dhinaca Xamar u baxa. Waxaannu sii marnay tuulada **Tuka-raq** iyo tuulo kale oo aannaan is taagin. Casarkii gaabnaa ayaannu galnay **Garoowe**. Saacaddaas waxaa la dhegaysanayey idaacadda BBC-da. Waannu ka sii qaxweynay. Waxay ahayd magaalo aan sidaas u waynayn, laakiin dhismayaal magaalo lahayd. Kama uu muuqan burbur colaadeed haba yaraatee. Markaannu ka baxnay, waxaannu sii marnay **Sinujiif**, **Dangorayo**, **Xaaji Khayr**, **Shide**, **Qardho**, **Sheerbi**, **Xiddo** , **Al-Xamdulillaah**, **Jiingadda**, **Ceeldoofaar** , **Laasadawaco** iyo qaar kale oo badan. Dhammaantood, habeen ayaannu marnay oo isma aannu taagin marka laga reebo **Al-xamdulillaah** oo aannu ka sii cashaynay. Waxay ahayd dhawr dhisme oo meel taag ah ku yaal. Laakiin waxaa iga yaabiyey in laydh u daarnaa. Hargeysa iyo Burco midna laydhkaasi kama jirin wakhtigaas. Subaxnimadii hore ayaannu **Boosaaso** galnay. Waxaannu ku degnay dhismayaashii Injida oo ahaa taliska weyn ee ciidamada al-Itixaad al-Islaami.

URURKA AL-ITIXAAD AL-ISLAAMI

Al-Itixaad wuxuu ahaa urur diineed oo aasaasmay wakhtigii uu dalka Soomaaliya ka jiray xukunkii mulleteriga ahaa ee Maxamed Siyaad Barre[17]. Raggii ururka aasaasay waxay ahaayeen culimo diineed oo badankoodu ka soo laabtay waddamada islaamka oo ay jaamacado kaga soo bexeen. Ujeeddadu waxay ahayd inay iska kaashadaan faafinta diinta islaamka iyo kobcinta aqoonta diinta. Waxay kaga duwanaayeen culimadii Soomaalida ee hore arrimo fara badan oo qof waliba fahmi karayey. Tusaale ahaan:

- Culimadii hore waxay ahaayeen qaar ku abtirsada dariiqooyinka suufiyada sida Qaaddiriya, Saalixiya iyo Axmediya, halka qoladan cusub ay aad uga soo horjeedeen afkaarta suufiyada guud ahaanba.

- Culimadii hore waxay ujro[18] ka qaadan jireen diinta ay dadka u gudbinayaan, halka culimada cusubi ay aad uga soo horjeedeen in sinaba dhaqaale looga dheefo diinta.

---

[17] Siyaad Barre= waa madaxweynihii somaaliya 1970-1990, Maxamed Siyaad Barre

[18] Ujro = mushqaayad, waa xoolaha laga qaato hawl-diineed oo loo qabtay dad

- Culimadii hore waxay ka qaadan jireen axkaamta fiqiga, mad'habta Shaaficiya oo keliya, halka culimadan cusub ay u sinnaayeen afarta mad'habood ee kala ah **Shaaficiya, Xambaliya, Xanafiya** iyo **Maalikiya**.

- Culimadii hore waxay la shaqayn jireen xukuumadaha iyo maamullada jira, halka culimadan cusubi ay u arkayeen la shaqaynta xukuumad aan islaam wax ku xukamayn dembi weyn oo khatar ah.

- Culimadii hore waxay dhiirrigelin jireen siyaarada qubuurta awliyada, ka barakaysigooda iyo in wax loo qalo, laguna ducaysto. Culimadan cusubi arrinkaas waxay ku tilmaameen shirki[19] qofka diintiisu halis ku gelayso, waxaana ay ku qaadeen dagaalkii ugu waynaa ee dacwaddooda.

- Culimadii hore waxay xusi jireen mawliidka Nebiga (scw), waxay akhriyi jireen Mawliidka, Burdaha iyo Manaaqibka culimo kala duwan. Culimadan cusubi arimahaas waxay ku sheegeen bidco[20] aan laga soo gaadhin Nebigii (scw) iyo asaaxbtiisii toona, waxaana ay arimahaas ku qaadeen dagaal xooggan.

---

[19] Shirki = waa in cibaadada Ilaahay cid kale lagula shuraakeeyo/ cid kale lala caabudo

[20] Bidco = waa fal diin ahaan loo sameeyo balse aan diinta ku jirin. Ma fiicno

- Culimadii hore aqoontoodu way koobnayd, halka culimadan cusub intooda badan ay aqoontooda diintu gun dheerayd.

Culimadii cusbayd arrinkoodu, wuxuu bilawgii hore ku koobnaa, iska warhayn iyo iskaashi xagga faafinta diinta ah, balse aakhirkii wuxuu isu rogay urur nadaamsan oo sharci iyo kala dambayn leh. Wakhtigu wuxuu ahaa bilawgii 1980kii ama sannaddo yar ka hor, dalkana waxaa gacan bir ah ku xukumayey niman askar ah oo jaahiliin ah iyo u adeegayaal aan dhaamin. Xukunkaas keligii taliska ahi, muu oggolayn cid sheegta fikrad aan taageero iyo ammaan u ahayn kacaanka iyo hoggaamiyaha kacaanka. Iskaba dhaaf urur la sameeyo, iskaba dhaaf afkaar la faafiyo. Xitaa waxaan la oggolayn in loo fekero si ka duwan sidooda. Laakiin hadday ogaan lahaayeen xaqiiqada dhabta ah, waxay ogaan lahaayeen in ay bulshada dhammi u fekerayeen si iyaga ka soo horjeedda.

Duruufta sidaas u adag ayey culimadii cusbayd ku heshiiyeen inay samaystaan urur nadaamsan oo ay ku hagaan faafinta diinta islaamka. Jirtoo culimada cusubi ay iskaga mid ahaayeen dhammaan arrimaha ay kaga duwanaayeen culimadii hore ee Soomaalida, haddana iyaga laftoodu waxay ku kala duwanaayeen waddammadii ay diinta ka soo barteen iyo macallimiintii wax soo bartay. Taasi waxay keentay inay isku khilaafaan sidii loo gaadhi lahaa ujeeddadii ka dhaxaysay oo ahayd in dadka laga haqabtiro aqoonta diinta islaamka lagana safeeyo **bidcada**, **khuraafaadka** iyo **xukunka** aan ku dhisnayn shareecada islaamka.

Qolo waxay aamineen in dadka la dhexgalo oo diinta la baro oo aan lagu degdegin in si toosa loo weeraro dhaqammadooda; illeen way is difaacayaane. Qoladaasi waxay aaminsan yihiin in dadku marka ay diinta bartaan ay iskood uga tegayaan wixii ka soo horjeeda, halka haddii la weeraro ay is difaacayaan oo xaqii aad wadday, aanay cidina kaa qaadanayn. Dadkuna waa muslin yara qaldamay ee in la fogeeyo ma aha.

Qolo kale waxay u arkeen in ummadda Soomaaliyeed ay haysato aqoon darro fara badan oo xagga diinta ah. Aqoon darradaasi waxay keenaysaa in dadku ka habaabaan ujeeddadii Eebbe u abuurtay. Haddii iyagoo sidaas u lunsan ay dhintaan, waxay halis ugu jiraan inay mutaan ciqaabta Alle. Markaa waxaa waajib ah in aan qofka lala sugin, inuu ku dhinto isagoo hallowsan[21]. Waa in xaqa mar kasta la sheego, wixii munkar[22] ahna markii la arkaba laga reebo.

Culimadii aaminsanayd fikraddan dambe waxay aakhirkii aasaaseen ururkii caanka noqday ee al-Itixaad al-Islaami. Wakhtigaas lama oggolayn in dalkii Soomaaliya laga sameeyo dhaqdhaqaaq aan dawladda u shaqaynayn. Markaa waxaa lagu qasbanaa in si qarsoodi

[21] Hallow = lunsanaan, wadada saxa ah oo laga dhumo

[22] Munkar = xumaan, dembi

ah loo wado hawsha ururka al-Itixaad al-Islaami. Sidaas qarsoodiga ah ayuu ururkii ku fiday, waxaanu noqday dhaqdhaqaaqii ugu waynaa ee Soomaaliyeed ee fikrad keliya ku midooba, fikraddaas oo ahayd in islaamku noqdo manhajka nolosha ummadda Soomaaliyeed, qof qof ahaan, qoys ahaan, bulsho ahaan iyo dawlad ahaanba. Shebekad xidhiidh oo yaab badan iyo nadam adag ayaa u suurageliyey in ay dalka Soomaaliya iyo inta Afsoomaaliga lagaga hadlaba si baxaad leh ugu fidaan. Nadaamka ururka ee adag waxaad ka garan kartaa in qofka xubin ka noqonaya ee lagu aaminayo sirta ah ogaanshaha jiritaanka ururka inuu ahaado:

1. Qof lab ah
2. Qof aqoon ilaa heer la yaqaanno ah u leh diinta islaamka
3. Inaanu ka yaraan da' la isla yaqaanno
4. In la yaqaanno asalkiisa, ehel ahaan, asxaab ahaan iyo waxbrasho ahaanba
5. In uu nadiif ka yahay cudur bulsheedka Soomaaliyeed ee qabyaaladda
6. In aanu qaad iyo sigaar toona cunin
7. In uu yahay qof sir xejis lagu yaqaanno

Arrimahaas iyo qaar kaleba waxay suurageliyeen in ay xubnaha ururku noqdaan, qaar xul ah oo hawshooda u guta si hufan oo aan cidna dareen gelin. Sidoo kale waxaa aad u sarreeyey shabakadda xidhiidhka ee uu ururku lahaa. Ururku wuxuu u dhisnaa sidan:

1. Guddoomiye
2. Guddoomiyekuxigeen
3. Guddifulineed = waa sidii wasaarado oo kale
4. Gole dhexe= waa sidii baarlamaan oo kale
5. Usro= xubno xaafad ama degmo wada degen oo isku xidhan, guddoomiye leh, lacag joogto ahna iska qaada, tiradooduna u dhaxayso 7-11 qof . Waa unugga ugu yar ee ururka
6. Shucbo= usrooyin badan oo gobol ka wada jira. Waxay shucbadu leedahay amiir si joogto ah ula kulma amiirrada usrooyinka.
7. Hawaamish= rag ka tirsan ururka, fikrad ahaan iyo hawl ahaanba balse aan weli xubin ahayn oo aan ballan xubinnimo la gelin guddoomiyaha sare

Haddaba markii ay daciiftay dawladdii mullateriga ahayd ee Soomaaliya ayaa shaaca laga qaaday jiritaanka ururkan sirta ahaa; muddada dheer. Markii dawladdii Soomaaliya ay burburtay ee dalkii uu ka bilaabmay qalalaasihii dagaalka sokeeye, waxaa u muuqatay dadkii ku barbaaray nadaamkii al-Itixaad in aanay eegan karin wixii dalka ka dhacayey ee dil, boob iyo xaqdarro ahayd. Markaa qaar badan oo ka mid ahi, waxay go'aansadeen in ay gaar isu urursadaan si aanay ugu milmin wixii ka dhacayey dalka. Goobihii ay isku urursadeen waxaa ka mid ahaa gobollada Jubbada hoose, Gedo, Bari, Nugaal, Mudug, Sool iyo gobollada Soomaaligalbeed gaar ahaan carro **Ogaadeen**. Haddaba gobolladii ugu muhiimsanaa ee ururku aakhirkii ku xoogaystay waxay ahaayeen gobollada Bari,

Nuugaal, Mudug iyo Sool. Waxay gacanta ku qabteen dekedda Boosaaso oo markii ay dawladdii meesha ka baxday, loo arkay in cidda keliya ee lagu aammini karaa ay tahay nimankaas wadaaddada ah.

TABABARKII XERADA NASRUDIIN

Markii aannu galnay magaalada Boosaaso, waxaannu ku degnay dhismayaashii Injida oo ahaa taliska weyn ee ciidamada al-Itixaad al-Islaami. Waxay ahayd xero aan degenaansho ka muuqan oo aad geeddi mooddo. Dhawr jeer ayaan u dhaadhacay magaalada hoose, waxaanan ka dareemay inaanay dadku jeclayn qolyahan wadaaddada ah. Waxaan arkaayey dad marka ay na arkaan daarayey muusig ama dumarka oo kor u qaylqaylinaya si ay noo cadhageliyaan. Annagana sanka ayaa na cuncuni jiray cadho darteed. Dhallinyarada al-Itixaad, waxay Dadka u arkayeen qaar qaladkooda ku madax adag oo istaahila edbin. Dadka waxay tusayeen adadayg iyo ficil, Soomaaliduna waxaas way necebtay, weliba hadday kaa dareemaan amarkutaaglayn iyo awood sheegasho. Diintuna may ammaanin adadkaanta sideedaba. ”Wax kasta oo adadayg ku jiro way foolxumaadaan, wax kasta oo la sahlaana way qurxoonaadaan”, xadiis baa sheegayey.

Qoladayadii socotada ahayd laba habeen ayaannu u hoyannay xeradaas Boosaaso ku taal. Dabadeed waxaa naloo qaaday saldhig tababar oo lagu magacaabo Nasrudiin. Waxay ahayd xero ay degenaayeen ciidan dhawr boqol gaadhayey oo al-Itixaad ah. Waxay ku taal meel 27 km, galbeed ka xigta Boosaaso oo lagu magacaabo Qaw.

Qaw waxay ahaan jirtay tuulo la degganaan jiray quruumo hore oo weli dhismayaashi sii muuqdaan. Waxay dhacdaa xuduudka ay gumaystayaashu dhigteen ee u dhexeeya deegaannadii la odhan jiray Brittish Somaliland iyo Italian Somaliland. Dhinaca galbeed waxa ka xigtay magaalada **Ceelaayo** oo qiyaastii saacad looga lugeeyo xerada.

Nasrudiin waxay u dhaxaysay badda oo waqooyi kaga lingaxan iyo Buuro Koonfur kaga teedsan. Dhinaca galbeed waxa ka mara tog ku shubma badda oo xaggiisa ugu xigta badda uu ka qodan yahay ceel lagu magacaabo "Biyo-macaane". Meel ceelka in yar ka durugsan oo isla togga ahna waxa ka soo burqata il biyo kulul oo ay ku qubaystaan, dadka ay lafuhu xanuunaan. Waxa la rumaysan yahay, in uu caafimaad la socdo, mase hubo sida ay wax uga jiraan. Halka ciidanku deggan yahay meel ka yara durugsan waxa degganaa xaasaska askarta. Taasi waxay ahayd ka soocmid bulshadii laga soocmay. Kala fogaanshaha iyo isfahan la'aantii dhacday waxaa qayb ka ahaa gooni u baxaas. Nin gooni isu saaray dad kuma jiro.

Dhismayaal may jirin, musqulaha oo dhoobo ka samaysnaa iyo masaajidka oo dhir ahaa, mooyaane. Aqallada la geli jiray waxay ahaayeen teendhoonyin[23]. Cuntada rasmiga ahi waxay ahayd kalluun, bariis iyo shaah. Mararka qaarkood waxaa lagu tarrixi jiray hilib adhi iyo cunto kaleba.

[23] Teendho = taambuug, waa shiraaq sidii aqal loo harsado ama hoydo.

Xerada Nasrudiin waxaannu soo galnay goor fiid ah. Waxaa nala geeyey laba teendho oo naloo diyaariyey. Waxaa halkii noogu yimid koox reer Burco ah oo uu tababar u dhammaaday. Waxay u yimaaddeen hawshayada oo kale, isla berrina way ambabaxayeen. Waxaan ka xasuustaa Cabdiraxmaan iyo Mustafe oo aannu hore asxaab u ahayn. Waa ay nala soo fadhiisteen, wayna noo dardaarmeen. Waxaa kale oo la socday innamo xerada ka tirsan oo uu ka mid ahaa wiil lagu magacaabo Abu Hureere. Wiilkaas da'diisu kama ay waynayn 18 jir. Wuxuu ahaa wiil leh cilmi diineed oo aftahan ah.

Waxaannu bilawnay in aannu isbaranno. Qof waliba wuxuu sheegay magaciisa, xilihiisa iyo qabiilkiisa sidii caadada ahayd. Abu Hureere wuxuu noo sheegay magaciisa rasmiga ah iyo qabiilkiisa iyo qabiilka uu ka sii yahay. Hore uma maqal laftiisa hoose, dibna umaan illaabin. Laakiin markii uu xusay qabiilkiisa kore waan jiriricooday. Waan naxay. Waxa i galay dareen didmo ah. Waayo? Wuxuu sheegtay qabiil aan weligay wax xun mooyee wax san la iiga sheegin. Wuxuu noo sheegtay Marreexaan!

Ha ila yaabin walaal. Anigu diin ayaan ku barbaaray. Maan rumaysnayn denbi uu qof galay in cid kale loo raaco. Mana rumaysnayn wixii xadgudub Soomaaliya ka dhacay inay sabab u ahayd xumaan qabiil gaar ahi leeyahay iyo xumaan gobol gaar ahi leeyahay toona. Waxaan u haystay in ay sababtay jaahilnimada

Soomaalida oo dadkii ka leexisay dariiqa hagaagsan. Jaahilnimadaasna qabiilooyinka Soomaalidu isku wada heer bay ka joogeen, welina ka joogaan. Taasi waa marka aan isticmaalo aqoontayda iyo rumaysnaantayda dhabta ah.

Waxaase jirta in aan ku soo dhex koray bulsho xadgudub weyn loo geystay oo xuquuqdooda Beni Aadanimo meel lagaga dhacay. Dadkaasi way cabanayeen, eedda oo dhanna waxay dusha ka saarayeen qabiil gaar ah. Marreexaan. Taasi waxay igu abuurtay dareen-cabsiyeed qarsoon oo aanan dhaaddanayn[24]. Waxay iga siisay shakhsiga Marreexaan sawir xumaan mooyaane aan lagu ogayn khayr. Sidaas darteed ayaa markii uu Abu Hureere noo sheegay qabiilkiisa, uu dareenkaasi ka soo kor maray garashadaydii dhabta ahayd, markaas ayaan jidhidhicooday.

Tu kalena way jirtay oo Abu Hureere wuxuu ahaa qofkii ugu horreeyey ee Marreexaan ah ee aan weligay soo hor fadhiisto. Wallaahi maskaxdaydaba kuma ay jirin Marreexaan ayaa Abuu Hureere oo kale leh. Laakiin aakhirkii wuu iska shiiqay dareenkaas bulshadu igu abuurtay. Waxaan beryo danbe la saaxiibay toddoba ruux oo beeshaas ah, shan nin iyo laba dumar ah. Waxaa iga yaabisay dadnimo wanaaggooda oo aan Soomalida uga dhex waayey tusaale.

---

[24] dhaaddanaan = dareen, ku feejignaan

Abu Hureere qudhiisu, wuxuu noo sheegay dareen uu qabay. Wuxu nagu yidhi: "Haddii aabbahay iyo hooyaday ay ogaan lahaayeen in aan caawa meel la fadhiyo niman Isaaq ah, kuma ay ladeen hurdo." Wallaahi waan qadhqadhay markii uu hadalkaas yidhi. Dareen jiray ayuu ahaa. Wakhtiguna waa 1992 kii ee adba qiyaas.

Subaxdii danbeba waxa noo furmay tababarkii. Waxaa naloo bixiyey magac kooxdayada u gaar ah, *kooxdii Ibnul-Qayim*[25]. Waxa naloogu magac daray sheekhii weynaa ee Ibnul-Qayim Al-juziya. Waxa naloo bilaabay tababar aad u adag. Subax walba marka aannu salaadda subax tukanno, waxaannu ku bilaabi jirnay orod iyo jimicsiyo kala duwan, qiyaastii 5 km oo sii orod ah iyo shan kiilomitir oo soo orod ah, ayaannu samayn jirnay. Markaannu quraacanno waxaanu baran jirnay hub kala duwan iyo qaababka loo isticmaalo. Ka dib waxaannu qaadan jirnay casharro ku saabsan culuunta milletariga iyo hoggaaminta dagaalka. Markaannu qadeyno ee qorraxdu naga jabto waxaannu dib ugu laaban jirnay tababarkii caadiga ahaa. Runtii casharro isdaba joog ah oo degdeg ah ayaannu qaadannay. Waxaa nala baray 19 qori oo isugu jira kuwa fudud iyo kuwa culus. Baasuuke, Ak47, M16, faal-guray, PKM, Milaan, B10, iyo Hoobiye waxay ka mid ahaayeen qoryihii aannu kala dhigdhignay. Miinooyinka gaadiidka, miinooyinka cagta iyo

[25] Ibnul-qayim = wuxuu ahaa sheekh noolaa qarnigii todobaad ee Hijrada oo qoray kutubo aad u badan.

bambooyinka gacanta laga tuuro, qudhooda wax baa nalaga baray.

Macallimiintu waxay ahaayeen qaar khibrad sare haysta. Waxay u badnaayeen saraakiil ku cusbaa toobadkeenka oo ka tirsanaan jiray ciidammadii dalka Soomaaliya. Intooda badani, markii ay dawladdu burburtay waxay ka tirsanaayeen ciidamadii xoogga dalka. Laakiin markii aannu la kulannay waxay ahaayeen qaar uu ku wayn yahay dhaqanka shareecada islaamku. Anigu waxaan aamminsan ahay in aan qofka lagu qiimayn wuxuu ahaan jiray ee lagu qiimeeyo waxa uu yahay; haddii uu is beddelo. Macallinkii noogu horreeyey ee hubka wax naga baray waxaa la odhan jiray Cismaan oo beesha Cismaan Maxamuud ahaa. Wuxuu ahaa shakhsiyad xambaarsanayd hibo macallinnimo iyo mid mullateri. Wuxuu ku dhiman doonaa hawlgal uu isagu hoggaaminayey oo lagu qabqabanayey hoggaamiyeyaal ka soo horjeeday ururka al-Itixaad.

Muddadii tababarku noo socday waxaa na mashquulinayey tababarkii adkaa ee aannu ku jirnay, wax kalena firaaqo umaannu haynin. Haddiibase aannu firaaqo lahaan lahayn ma ay jirteen wax aannu qabsan lahayn oo kale. Mar marka aannu firaaqo yar helno waxaannu aadi jirnay badda si aanu ugu soo dabbaalanno. Ragga intooda badani dabbaasha way yaqaanneen, waxaase jiray qaar aan dhinac laga maro aqoon.

Mar marka qaarkood waxaannu isaga tamashle tegi jirnay dhinaca berriga oo buuro, biyamareenno iyo kaymo isugu jiray. Dhul qurux badan ayuu ahaa wakhtiguna wuxuu ahaa gu hagaagay. Maalmaha qaarkood waxaannu u magaalaysan jirnay tuulada Ceelaayo oo saacadsocod naga xigtay dhinaca galbeed. Waxay ahayd tuulo weyn oo badda dhinaca ku haysa. Dhismayaasheeda waxaa u badnaa waabab laga sameeyey dhir la soo jarjaray. Boqol dhisme way igala badnaayeen dhismayaasha ka taagnaa, jirtoo ay cariishyo u badnaayeen. Waxaa ku yaallay masaajid aad u yar oo gaboobay. Laakiin dad ma joogin wax yar oo fara ku tiris ah mooyaane. Meesha ay aadeen xilligaas dadkii tuuladan deggenaan jiray ma garan karo, mana hubo in aan waraystay. Waxa aannu ka gadan jirnay tuulada sharaab qasacado ah, midhaha xamarta iyo waxyaalaha aannan ka heli karayn xerada. Qasab kuwii shaah ka cabbana waannu ahayn.

Maalin maalmaha ka mid ahayd, waxaa na waraystay oday da' weynaa oo u muuqday nin reer magaal ah. Wuu garanayey in aannu ka nimid xerada Nasrudiin, balse wuxuu rabay in uu ogaado gobollada aannu ka soo jeedno. Wuxuu nagu yidhi: "Ma waxaa tihiin qolyaha yidhaahda, "Unnuka" mise "ar ba´a" mise "waaryee"". Sida runta ah waxba uguma aannu jawaabin. Waannu iska qosqosollay.

Qolyahayagii ka yimid dhinaca Hargeysa waxaa na haleelay "hawo-diid", cimiladuna way nagu kululayd. Aniga waxaa la iga soo baxay labada gacmood weliba inta wax lagu qabsado. Waxba waan ku cuni kari waayey. Xitaa waxaa dhib igu noqotay gelitaanka musqusha. Waxaase iigu darnaa kaarkii iyo xanuunkii i soo gaadhay. Dhakhaatiirtii meesha joogtay waxay isku deyeen inay i daweeyaan oo inta ay dheecaanka iga soo saaraan ay wax igu xidhaan, balse waxaan u adkaysan waayey xanuunkii. Mid ka mid ahaa kalkaaliyeyaasha i daweynayey ayaa markii uu ka yaabay cabaaadkaygii igu yidhi: "Sheekh, ma sidaas ayaad jihaad ku geli lahayd?" Hadalkaasi wuxuu ahaa mid maskaxdayda ku dhaliyey fikir. Markii gacmihii aad ii xanuuneen ayey i qabatay dal tabyo[26]. Waxaan uurka ka jeclaystay in la ii diro waddankaygii. Waxaan dareenkaygaas u sheegay asxaabtaydii. Waxaa iyaguna jiray rag sidayda daltabyadu ku badnayd oo jeclaa in meesha - Alla magane - laga kexeeyo. Laakiin mid ka mid ahaa saaxiibbaday oo Maxamed la odhan jiray, ayaa inta uu ii murugooday igu yidhi: "**Camalkaagii waad iska burisay**[27] kol haddii aad doontay in aad tababarka ka tagto oo aad dhulkaagii iskaga noqoto". Runtii hadalkaa Maxamed murugo iyo calool xumo weyn ayuu igu dhaliyey. Wuxuu u jeeday, haddii qofku bilaabo camal khayr ah oo isaga oo aan dhammaystirin uu niyeysto, in uu joojiyo, markaa intii uu hore u soo sameeyey wuu ku khasaarayaa oo way ka gubanaysaa.

---

[26] Daltabyo = inaad dalkaagii aad ka maqnayd jeclaato ku noqoshadiisa oo meesha aad joogto nacdo.

[27] Burid = baabi'id

Aakhirkii waan iska bogsaday. Tababarkiina halkii ayaan ka sii watay. Raggii asxaabtayda ahaa ee kooxdayada ka tirsanaa ninba wax baan ku xasuustaa intii tababarku noo socday. Waxaa xus gaar ah iga mudan Cabdiraxmaan nin la odhan jiray oo malinba maalinta ka dambaysa ay sheekadiisu sii yaraanaysay, quraan akhriskiisuna sii badanayey. Kaftankii lagu yaqaannayna meeshiiba uu ka baxayey. Cabdiraxmaan wuxuu ahaa nin waagii hore ku koray baadiye balse ku dambeeyey barashada diinta iyo u go'idda dacwadda islaamka. Aakhirkii wuxuu ku dhiman doonaa dagaal ka dhacay magaalada Boosaaso.

WARKII DHIILLADA LAHAA

Markii afartan cisho dhammaatay wakhtigii tababarka oo soo afjarkiisii saddex cisho uun nooga hadhay, ayuu war ku soo kordhay xeradii Nasrudiin. Waxay ahayd maalin khamiis ah oo bisha juun ahayd 18. Markii salaaddii casar la tukaday ayuu is taagay nin ka tirsanaa saraakiisha xerada. Wuxuu nagu amray in ay koox waliba ku ururto teendhadeeda. Wuxuu si gaar ah u carrabbaabay kooxdayada, si aannaan isugu qaadan marti. Wuxu yidhi: "Xiitaa **Ibnul-Qayyim** waa in ay is xaadiriyaan." Sidii nalagu amray ayaannu yeelnay. Waxa noo yimid saraakiil xerada ka tirsanaa, waxayna nagu yidhaahdeen:

"Waxaannu war ku helnay in la inoo tashaday oo la ina soo weerarayo. Dorraad[28] 16 kii bisha juun waxa lagu shiray guriga gobolka ee Boosaaso. Kooxdii shirka joogtay waxaa ka mid ahaa gaal Faransiis ah. Waxa la isla soo qaaday in xoog la inagu qabto. Waxaase lagu heshiiyey in shirka la ballaadhiyo si dad badani uga qayb galaan oo dagaalka la inugu qaadayo loo dhammaado. Markaa waxannu xog ku helnay in jimcaha 19ka juun lagu shiri doono Xerada Daraawiishta ee Garoowe si la inoo weeraro. Haddaba waxaannu go'aan ku gaadhnay in aynu kaga horrayno

---

[28] Dorraad = darraad, waa maalintii shalay ka horraysay

weerarka. Berrito oo Jimce ah waxa aynu qabsanaynaa gobolka oo dhan min Boosaaso ilaa Gaalkacyo. Idinku Ibnul-Qayyim ahaan, marti ayaa noo tihiin. Waxaa idiin furan in aad iska tagtaan iyo in aad nagala qayb gashaan jihaadka."

Waannu is fiirinnay. Waxaannu si aan kala hadh lahayn u qaadannay in aannu ka qayb galno jihaadka. Niyad ayey naga ahayd aqbalaaddu oo sax umaannu arkayn in aannu walaalahayo kaga baxno dagaal. Waa in lala qaybsado geeri iyo nololba. Teeda kale ujeeddada ay wateen waxay ahayd mid heer sarraysa oo ahayd in kalaamka Alle lagu xukumo arlada Ilaahay oo laga qabto gaalo-raacyada loo yaqaan cilmaaniyiinta[29] diin la dirirka ah. Laakiin sida runtu tahay doorasho kale mabaannu lahayn oo gobol dhan oo berrito dagaal ka bilaabmayo kamaannu helneen meel aannu ka baxno.

Isla markiiba waxaa nalagu guray baabuurta. Waxaannu u dhaqaaqnay dhinaca Boosaaso. Xeradii Injida oo ahayd taliska weyn ee al-Itixaad ayaannu u hoyannay habeenkii. Waa xeradii aannu ku soo degnay markii aannu nimid Boosaaso. Waxa naloo qaybiyey qalabkii geerida: qoryihii, rasaastii iyo buraashado[30] biyo lagu shubto. In yar uun baannu seexannay

---

[29] Cilmaani = waa qof aaminsan in diinta iyo amuuraha dawladda la kala saaro, oo diintu arin shakhsiya ahaato

[30] Buraashad: waa walax sida waysada oo kale ah oo ay biyaha ku qaataan askartu. Wayso

habeenkii. Si fiican ayaa naloo diyaariyey. Koox walba waxaa loo sameeyey hoggaan, hubkoodiina waa loo dhammeeyey.

Salaaddii subax markaannu tukannay ayuu istaagay ninkii ugu muhimsanaa al-Itixaad oo ahaa Sheekh Xasan Daahir Aweys. Wuxuu ka hadlay hawlaha naloo dirayo. Wuxuu nagu guubaabiyey: "In aan dadka lagu adadkaan ee loo debecsanaado, in aan la didin ee la soo jiito, in loo bushaareeyo ee aan la quusinnin, sidii Nebiguba (scw) yeeli jiray." Wuxuu na amray in aannu ciddii hub sidadata ka qaadno, magacooda iyo qoriga lambarkiisana ka qorno, dabadeedna u soo dirno taliska si loogu celiyo qoriga qiimihiisa. Wuxuu nagu adkeeyey in aan dadka xabbad lagu ridin iyo in aan cid la dilin. Ilaahay buu na xasuusiyey, hawsha aannu ku kacaynana wuu na dareensiiyey. Runtii waannu qiiroonnay. Markii waagi soo caddaaday ayaa la bilaabay hawlgalkii. Meelaha xoogga la saarayey waxay ahaayeen, Madaarka[31] Boosaaso, kontorollada magaalada, dekedda, Isbitaalka iyo meelo kale. Meelahaas intooda badan markii horeba al-Itixaadka ayaa sii joogay. Laakiin way jireen meelo SSDF joogtay, haba yaraadeene.

Kooxdayadii Ibnul-Qayyim nalaguma darin raacyadii hore, maxaa yeelay dal aqoon ma aannu ahayn. Laakin heegan[32] ayaannu ahayn. Saf ayaannu ku

---

[31] Madaar = Gegada dayaaradaha, Airport

[32] Heegan = diyaar

jirnay. Marka koox la diraba, hoosta ayaan ka jeclaysanayey in la igu daro. Haddana waxaan kolba isweydiinayey in hawshan aannu samaynaynaa tahay mid sax ah iyo in kale. Waan rumaysnaa in dalku u baahan yahay in laga badbaadiyo jabhadahan jirrida ah, daydayga iyo mooryaanta baas. Waan rumaysnaa in ay muhiim tahay kor u qaadidda kelmadda Alle iyo naaqusidda kelmadda shaydaanka. Kamaan shakisanayn in ururkan al-Itixaad ay rabeen kor u qaadida kelmadda Alle. Laakiin waxan is weydiinayey in wakhtigani yahay kii saxda ahaa. Anigu umaan arkayn. Waxan sidaas u sheegay saaxiibadaydii kooxda Ibnul-Qayim annagoo u taagan safkii. Waxaan ku idhi: "*Dagaalkani sax ma aha. Dadkeennu waxay u baahan yihiin in la fahansiiyo diinta sida aynu u fahannay oo kale.*" Waxaan hubaa in ay qaarkood u qaateen in aan yara khalkhalay, baqe dartii. Laakiin rumaysnaan ayey iga ahayd. Welina sidii ayaan u rumaysanahay. Waxaan ku farxaa had iyo jeer in aan maalintaas sheegay dareenkayga oo aanan la mid noqonnin kuwii sannaddo dambe cambaareeyey falkaas ay ka qayb galeen. Ilaahay baa waafajinta iska leh.

Aakhirkii kooxdayadii meelo ayaa loo kala diray. Waxaa nalagu kala daray kooxo kale. Aniga iyo lix kale waxa naloo qaaday Isbitaalka weyn ee Boosaaso. Isbitaalku wuxuu ku yaallaa magaalada badhtankeeda. Hareeraha waxaa kaga dheggan guryo fara badan oo ganacsi. Hortiisa oo dhinaca galbeed ahna waxaa ka marta waddada ugu weyn ee magaalada. Isbitaalka gudihiisa waxaa sii joogay shaqaale isugu jira dhakhaatiir iyo neeras, bukaan iyo ciidan ilaalo ah oo aan sidaas u sii badnayn. Marka la isku kaaya daro intayada ciidanka ah waxaannu ahayn 30 nin. Waxaannu ahayn rag afarta beeni-jaho[33] isaga yimid, sidii aan mar danbe ogaaday.

Suuragal may noo ahayn in aannu isu baranno sidii caadada noo ahayd. Laakiin ragga qaar, hoos ayey isu waraysteen. Waxa ka mid ahaa dadkii aannu is hayb-waraysannay wiil dhallin yaro ahaa oo aannu isku da'aad ahayn. Wiil dhuuban oo furfuran oo fiini[34] ka muuqato ayuu ahaa. Wuxuu ii sheegay in uu yahay **Madhibaan**. Markii uu isu kay sheegay ayaan jidhidhicooday. Tin waliba wuu i dhaqaaqay. Sababtu waxay ahayd dareen igu qarsoon oo aanan shaqo ku lahayn. Anigu ma ahayn dadka aaminsan waxaa jaahiliintu aamminsanyihiin. Waxaan rumaysnaa *"In ay dadku u siman yihiin sida ilkaha shanlada oo kale"*, sidii uu Nebi Muxamed (scw) sheegay. Laakiin mawjadihii cayda iyo aflagaaddada ahaa ee ay bulshadii aan ku dhex koray ku qasaysay dadka Madhibaanka, Muuse-dheriya, Yibro iyo Tumaalo ayey naftaydu cabtay. Waxaa shiiqinayey garashadayda diinta iyo aamminaaddayda Beni-aadanimo. Markiise aan la kulmay wiilkan dareenkii qarsoonaa ayaa soo kor maray. Runtiina waxay ahayd markii ugu horraysay ee aan la kulmo qof haybtaas sheegta oo wadaad ah.

---

[33] Afarta beeni-jaho = dhinac walba, jaho kasta

[34] Fiin = firfircooni,feejignaan. Asalka fiintu waa shibir ka cabata colaadaha, roobka iyo dabaylaha.

Jidhidhicadaas ayey iga raacday intii ugu dambaysay fikrad qaldan oo aan ka qabay qabiilooyinka la haybsooco. Waxaan sannaddo danbe la saaxiibay dad fara badan oo ka dhashay qabiilooyinka la haybsooco, mana ma dareemin wax aan sinnaansho iyo walaalnimo ahayn. Mar laba sano ka horraysay wakhtigan oo aan qaxootinimo ku joogay dhulka Soomaaligalbeed, ayey qiso tan u eegi isoo martay. Aniga iyo nin walaalkay ah oo iga weyn ayaa galab ka carrownay tuulada lagu magacaabo Darroor oo markaas ay degenaayeen dadkii ka soo qaxay gobolladii waqooyiga Soomaaliya, Hargeysa, Berbera, Burco iwm. Waxaanu ku soconnay reeraha oo degenaa meel baadiye ah oo xagga bari ka xigta Darroor. Hore umaanu arag meesha reeruhu deggenyihiin laakiin waannu qiyaasaynay. Markii qorraxdi dhacday, ayaanu iska sii gudnay[35]. Annaga oo meel xidh[36] ah marayna ayaannu maqallay jabaaq xoolaad iyo sawaxan dad. Waannu ku leexannay. Ujeedadadayadu waxay ahayd in aannu biyo ka sii cabno, kana waraysanno meesha ay deggenyihiin reerahayagu. Waxaannu soo gaadhay iyadoon weli xoolihii la xarayn. Qofkii noogu soo horreeyey wuxuu noqday gabadh gashaanti[37] ah oo taaggnayd aqal Soomaali hortii. Markii aannu salaannay waxaanu waydiinay qolada reerku yahay. Su'aashaasi waa mid dhulkaas muhiim ka ah oo aan hadal furfurmi karin ilaa la is hayb aqoonsado. Waxay noogu jawaabtay; reerku

[35] Gud, gudoodi = waa socodka habeenkii
[36] Xidh = waa dhul jiq ah oo kayn ah
[37] Gashaanti = waa gabadh qaanqaadhay laakiin aan weli la guursan

waa qolo **Yibro** ah!. Naxdin ayuu dhulku nala kala wareegay. Isla sidan aan noqday markii aan wiilkan dhallinyada ah kula kulmay isbitaalka Boosaaso, ayaan maalintaasna noqday. Jidhidhico ayaa igu go'day. Waa markii iigu horraysay ee aan arko reer Yibro ah oo meel yaal iyo xiitaa qof Yibir ah oo hadal na dhexmaro.

Laakiin waxaan hore u hayey sheekooyin badan oo aan hadda ku qanacsanahay in ay khuraafaad ahaayeen. Aniga iyo walaalkay maannu waydiisan reerkii baahidii noogu darnayd ee ahayd biyo harraadka naga biiya. Aniga iyo walaalkayba waxaannu ahayn dad diinta wax ka yaqaan oo og in dadka Alle abuuray ay simanyihiin. Laakiin wixii bulshadu nagu soo korisay ayaa na illowsiiyey xaqii aannu ogayn.

Hawlgalkan ay Itixaadku qaadeen kumuu koobnayn magaalada Boosaaso ee wuxuu ku dhammaa magaalooyinka laamigu[38] maro ee Boosaaso iyo Gaalkacayo u dhexeeya. Qardho iyo Garoowe ka mid ayey ahaayeen. Laakiin meesha ugu muhiimsani waxay ahayd Garoowe oo ay ku shirsanaayeen nimanka "**shirqoolkooda laga hor tegeyey**" sida ay madaxda Al-itixaad noo sheegeen. Xerada Daraawiishta ee Garoowe waxaa ku shirsanaa afartaneeyo nin oo isugu jira, siyaasiyiin, Odayaal iyo saraakiil mulleteri oo ka kala socday beelaha Daarood Ismaaciil ee badhtamaha iyo bariga Soomaaliya. Waxa ka mid ahaa Kornayl Cabdillaahi Yuusuf iyo Maxamed Abshir Haamaan,

[38] Laami = waa wadada dhisan ee lagu shubay daamurka

haddiiba aynu qaar ka magacawno. Markii ay shirkooda si fiican u qabsadeenba waa laga wareegay.

Kooxdii weerartay waxa hoggaaminayey Cismaan oo ahaa ninkii na baray qoriga Baasuukaha, kana soo jeeday deegaanka Qardho. Wuxuu ahaa shakhsi aanay naftu ka xiisagoynayn. Waxaase lagu dilay hawlgalkii lagu qabanayey madaxdan. Odayaashiina waa la qabqabtay. Qoriga caaradiisa ayaa lagaga xayuubiyey islaweynidii ku dhalisay in ay wax shirqoolaan oo waxa laga dhigay la haystayaal cabsi qaba. Waxaa laga qorqoray magacyadooda iyagoo werwersan. Cabdullaahi Yuusuf Axmed oo la wada garanayo in uu yahay Ina Yuusuf-yey ayaa isku sheegay Xaaji Muxamed taas oo u socon weyday. Maalintaas korneylku nafta ayuu u yaabay.

Warkii meel walba wuu ka dhacay. Dhallinyaradii al-Itixaadna guul ayey isku daarteen. Waxaase dhacday arrin dhabarjab ku noqotay. Culimadii diinta ee ka tirsanaa al-Itixaad al-Islaami oo aan waxba ka aqoon arrimaha dagaalka ayaa ku dacwiyey in odayaasha la sii daayo. Saraakiishii ciidanku waxay u sheegeen in ay taasi, tahay khalad xagga dagaalka ah. Culimadu waxay ku doodeen in ay odayaashu dadka xasilin doonaan haddii la sii daayo, waayo dadkii ayaa kacay. Saraakiishuse waxay u arkayeen in ay dadka sii kicin doonaan. ”*Dadku maanta madax ma leh, laakiin hadday helaan madax hoggaamisa way inoo dhammaanaysad*”, ayey yidhaahdeen askartu.

Culimadii waxay ku adkeysteen toodii. "*Waa in la sii daayo*" ayey yidhaahdeen. Saraakiishu ma ay lahayn awood ay ku diidaan culimada. Maaddaama afkaartoodu ku dhisan tahay Quraanka iyo sunnaha waxay ku qasbanaayeen in ay xushmeeyaan cidda aqoonta diinta leh. Waa la sii daayey nimankii. Amiirkii aaggaas oo la odhan jiray Abu Muxsin wuxuu sii daynta raaciyey: "*Hadda ayeynu jabnay!*" Abu Muxsin wuxuu ahaa kornayl aan laga badin kaartada dagaalka iyo asbaabta guusha ee maaddiga ah. Sida kalena sheekh cilmi badan ayuu ahaa. Culimadaas ku qasbay sii dayntana waxay galeen shaqo aan toodii ahayn. Dhallintii ay diinta ku soo barbaariyeenna waxay ku rideen god khatar ah oo aanay ogayn.

Nimankii la sii daayey qaylo ayey kula dhex dheceen shicibkii. Tab walba way ku abaabuleen dadkii. Siiba Garoowe iyo hareerihiisa. Markaas dhinac walba waa laga soo birmaday[39]. Dadkii iyo dhirtii ayaa is leegaaday. Innamadii wadaaddada ahaa ee reer magaalka u badnaa waa la hadateeliyey. Xooggoodu waxay ka soo qaxeen magaalooyinka oo deegaanka waxba kama ay aqoon. Markaa kayn walba waa lagaga soo baxay. Geestay u cararaanba waa lagaga horyimid. Waxaa loo laayey sida xasharaadka. Qaarna waa la qabqabtay. Waxoogayna way kala firxadeen. Abu Muxsin-na waa la dilay. Xerta timoweynta ayaa gacantooda ku dilay agagaarka tuulada Tukaraq isaga

[39] Birmad = gurmad, in dagaal meel ka socda la soo aado si looga qayb galo.

oo ku sii jeeda Laascaanood oo ahayd deegaanka uu ka soo jeeday. Dhulbahante ayuu ahaa.

Jabkii al-Itixaad al-Islaami ee Garoowe wuu dhaboobay. Meelo kale oo jab ka dhacay, way jirtay sida Qardho, laakiin ta Garoowe ka dhacday gumaad ayey ahayd. Xasuuq ayey ahayd. Dabadeed jabhaddii guulaysatay waxay u soo jeesteen dhinaca Boosaaso oo si aan kala hadh lahayn ugu jirtay gacanta al-Itixaad.

Haddaan ku soo noqdo xaalkayagii Boosaaso, maalinba maalinta ka danbaysa ayey nagu soo adkaanaysay. Maalintii hore ee jimcihii 19 juun magaalada oo dhan madax ayaannu u ahayn. Laakiin waxaannu samaynay khalad mulleteri oo weyn. Sida la og yahay magaalada waxa ka buuxay hub nooc walba leh. Qoryaha fudud, kuwa taangiyada iyo kuwa dayaaradaha lagula dagaallamoba, way haysteen dadku. Hubkii dawladdii Siyaad Barre gobolka kaga tagtay, sidiisii ayuu ahaa. Taas waxba kama ay qaban maamulkii al-Itixaad. Wuxuu dagaalka saxda ahi ahaaan lahaa, in wixii hub ah laga ururiyo magaalada. Sidoo kale waxa buuxday baabuur si kasta loo isticmaali karo. Waxay ahayd in ay dhammaan baabuurtaas gacanta ku dhigaan. Tiina ma ay samayn. Dadkiina jaaniskaas way ka faa'iidaysteen. Qoryihii guryaha yaallay ayaa la safaystay. Baabuurtii ayaa hubkii lagu rakibay iyagoo aan la dhaqaajinba. Guryaha korkoodana waxaa la wada saaray hubka culculus. Taasi waxay keentay in ciidankayagii, qoloba meesheeda ku go'doonto oo laysu gudbi waayo. Maalin walba wuu nagu sii adkaanayay isu socodku. Markii danbena annagii ayaa nalagu weeraray goobahayagii.

Maalmihii hore waannu ka bixi karaynay goobihii aannu joognay. Waxaan xasuustaa in aannu soo kormeernay dekedda iyo eeriboodhka labadaba. Waxaa weli xasuustayda ku sawiran maalin aannu roodhi u geynay kooxdii haysatay eeriboodhka oo ay ka mid ahaayeen qaar saaxiibadaydii reer Hargeysa ka mid ahi. Waxay difaac kaga jireen meel bannaan oo aan geed la hoos galana lahayn.

Waxaa iyana maskaxdayda ka bixi wayday, maalin aannu wadannay gaadhi Laankruusar ah oo ninkii na xukumayey rabay in taayir loo samaynayey looga soo qaado geerash ku yaal badhtamaha magaalada. Taayirka mar hore ayaa loo geeyey geerashlaha, balse markii aannu u tagnay waxba kama uu qaban. Waxaan u fahmay in samayn la'aantu ka ahayd, qayb dagaalka ka mid ah. Annaga oo ninkii la taagan oo ka wada hadlayna samaynta taayirka ayuu nin dhallinyaro ah oo taagnaa meel dad badani joogaan oo naga fogayd kor u dhawaaqay. Dhawaaqa wuu na maqashiinayey, dadka kalena wuu maqashiinayey. Wuxuu ku dhawaaqayey: "*Tolla'ay awood la'aaneey! tolla'ay awood la'aaneey!*". Arrintaasi waxay ii muujinaysay heerka ay colaaddu ka taagan tahay dadka reer Boosaaso.

Khaladka milletari ka sakow waxay sameeyeen maamulkii al-Itixaad khalad siyaasadeed oo weyn. Waxay carqaladeeyeen jaadkii iman jiray Boosaaso. Taasoo aad uga cadhaysiisay dadkii muqayiliinta ahaa.

Magaaladana waxay ku daadiyeen warqado ay dadka ugu sheegayeen isbedelka dhacay. Waxaanan marnaba illoobin ereyo ka mid ah hadalladii ku qornaa warqadihii la qaybiyey, sida *"Maanta laga bilaabo waxaa taladii lagala wareegay ururka* ***diinladiririrka*** *ah ee SSD*F".

Markii dagaalkii socday hal wiig ayey go'doomintii nalagu hayey, gaadhay meeshii ugu sarraysay. Gurmadkii soo jabiyey saaxiibbadayadii Nugaaleed-na waxay soo gaadheen magaalada. Khamiistii 25 juun ayey kontoroolka magaalada ka soo gala dhinaca Garoowe soo gaadheen ciidamo qamuunyeysani[40]. Waxaa la ii sheegay in ay muusannaabayeen. Qaab beelo beelo ahna way u socdeen. Kooxdii al-Itixaad ee kontoroolka joogtay way laayeen sida xasharaadka. Laba iyo saddex nin wax aan ahayni kama ay bixin ayaa la igu yidhi. Dabadeed waxay soo galeen magaalada.

Waxay isla galabtii khamiistaba, weerareen goob kasta oo fadhiisin noo ahayd. Waxaa na fuulay culays aan wiiggaas oo dhan na haysan. Madaxa ayaannu kor u qaadi kari weynay. Markii gabbalkii dumay, ayey xabbaddii istaagtay. Taliskii al-Itixaad ee Boosaaso ku sugnaa way tashadeen. Waxay ugu muuqatay in lagaga xoog badanayo magaaladan, wixii la sugaana ay tahay dhiig badan oo daata. Waxay go'aansadeen in ay magaalada ka baxaan. Horena waxay warka ugu hayeen in firxadka raggii Nugaal iyo Bacaad-weyn, ay u jihaysteen dhinaca Sool iyo Sanaag. Sidii ayey isku gaadhsiiyeen in qolyaha dekedduna laashash

[40] Qamuunyo = si xoog ah u cadhaysnaan, ciil isla cuncunid

kaxaystaan, inta kalena ay u jihaystaan xagga galbeed. Laakiin annagii ku jirnay Isbitaalka, oo ku yaallay magaalada badhtankeeda, waxba nalooma sheegin. Waayo? Waxaa dhacday arrin Ilaahay sii qoray. Waxaannu haysannay fooniye[41] gaadhi karayey dhawr kiilomitir. Inankii fooniyaha noo hayey oo ahaa amiirkayaga[42], waxaa ku dhacday lulo. Dabadeed intuu xidhay fooniyihii ayuu iska seexday. Qoladii kalena waxay isku dayeen in ay nala soo xidhiidhaan balse fooniyihi wuu u soo bixi waayey. Sidaas ayey nagaga tashadeen. Way iska bexeen. Laakiin xitaa hadday na soo wargelin lahaayeen, kama aannu soo bixi karneen meesha aannu ku jirnay. Waannu hareeraysnayn.

---

[41] Fooniye = waa qalab lagu wada hadlo oo mulleterigu adeegsan jiray.

[42] Amiir = guddoomiye, taliye, waa kelmad afcarabi ah.

IS DHIIBA WAANNU IDIN BADBAADINE!

Markii waagi dillaacay, subaxdii jimce 26 juun ee aanu tukannay salaaddii subax, ayaa dabxidh nalagu sameeyey. Waxaa na fuulay culays, aannaan isagoo kale arag. Runtii nafta ayaannu u yaabnay. Jiibab[43] ayaa nalagu garaacay. Annanguna waxaannu gabbaad ka dhigannay guryaha Isbitaalka oo shub ka samaysnaa. Maalintii oo dhan ayaa nala garaacayey. Annaguna waannu dagaallannay oo qof walba halkiisa ayaannu ku cabsi gelinnay. Weli ma ogsoonin xaalka raggayagii magaalada dhincayadeed kale joogay. Waxaannu u qabnay in ay dagaalka dhinacooda kaga jiraan. Abbaaro 10:00 subaxnimo, ayaannu maqallay sawaxan aannaan todoba cisho maqal. Hoonka baabuurta ayaa isku darmaday. Dhega! Waxaannu maqallay mikrifoonno lagu hadlayo. Annagaa nalala hadlayey. Waxaa la leeyahay "*Nimankii way jabeen*!", waxaana la mahadinayey Eebbe. Ilaahay ayaan hoosta ka baryey in uu been ka dhigo waxa ay sheegayaan! Maalintaas waxay ii ahayd maalin adag. Waxay ahayd maalintii inta faashado[44] la ii keenay la igu yidhi *"hadday xabbadi kugu*

---

[43] Jiib = waa hub culus oo loogu talo galay in lagu gubo taangiyada dagaalka.

[44] Faashad = waa haraaq ama maro lagu xidho meesha dhaawac kaa gaadho

dhacdo iska geli, meesha ay xabbadu kaaga dhacdo si aanad u dhiig bixin!". Maalintaas iyo maalintii ka horraysay, waxa igu dhacay wax la yaab leh. Hurdo ayaa la igu soo tuuray. Iyada oo qaylada, qiiqa iyo boodhka ay xabbaduhu kicinayaan i hafinayaan[45], ayaan haddana indhaha kala qaadi kari waayey; lulo darteed. Waxaa isna ila mid ahaa nin kale oo aannu khamiistii isku meel difaaca kaga jirnay. Waxaan arkayey kolba isaga oo qorigu ka sii dhacayo oo seexday. Markaasaan toosinayey. Cajiib!

Inankii fooniyaha hayey wuxuu isku dayey in uu helo taliskii ama fooniyeyaashii kale. Juuqna wuu ka waayey. Markii ay gelin danbe noqotay, ayaa wiil yar oo Isbitaalka nala joogay la diray. Waxaa lagu yidhi bal soo eeg xeradii taliska, inay cidi joogto iyo in kale. Inankan yari wuxuu qiyaastii ahaa 10 jir. Waxaa laga riday deyrka Isbitaalka; meel ka daloooshay. Markii uu yarki gaadhay meeshii, waa laga shakiyey. Markaas ayaa la qabtay oo la warwaraystay. Dabadeed wuu is sheegay. Waxaa la geeyey gurigii maamulka gobolka oo odayaal joogeen. Way waraysteen yarkii. Waxay waydiiyeen cidda xukunta ciidanka al-Itixaad ee Isbitaalka haysta iyo cidda halkaa joogta. Waxay ka garteen nin dhakhtar ah oo lagu magacaabo Cabdulhaadi. Waa dhakhtar la yaqaan oo ka soo jeeda beesha Cumar-Maxamuud ee Majeerteen. Odayaashii waxay soo qoreen, warqad ku

---

45 Hafasho = marka biyo ama boodh fara badan hawad kaa xidhaan ee naqasku kaa soo bixi waayo

kayroof[46] garaysan Dr Cabdulhaadi. Waxay ku yidhaahdeen:

"Dr. Cabdulhaadi, waxaannu kugu wargelinaynaa in ay qoladiinnii xalayba magaalada ka bexeen oo aanay meesha joogin. Waxaannu idiin soo jeedinaynaa in aad isa soo dhiibtaan. Haddii aad is dhiibtaan waxaannu kuu ballan qaadaynaa, adiga iyo raggaagaba in aannu idin badbaadinno."

Markii warqaddaasi na soo gaadhay, ayay amiirkii iyo dhakhtarkii, jawaab dhakhso ah ku celiyeen in ay is dhiibayaan. Arrintaas lagama wada tashan, laakiin haddii laga wada tashan lahaana, sidaas uun bay jawaabtu noqon lahayd. Xabbaddii nagu socotay way iska kaayo taagtay; markiiba. Odayaashii jawaab kale ayey noo soo qoreen, waxayna yidhaahdeen:

"Waannu idinka aqbalnay is dhiibidda. Waxaannuse idinku boorrinaynaa in aad iska difaacdaan jirrida[47], ilaa inta aannu idiin imanayno".

Markay xaaladdu halkaas marayso, ayaannu qol isugu wada nimid. Dagaalkaas wiigga socday, waannu ka badbaadnay, marka nalaga reebo hal nin oo naga

---

[46] Kayroof = ku socota, qofka ay warqaddu ku socoto. Kelmaddu waa af ingiriisi.

[47]Jirri: waa shimbir, xoolaha ka jaqda dhiigga. Waxaa si sarbeeb ahaana loou wici jiray, kooxihii hubaysnaa ee Soomaaliya ka dillaacay, burburkii ka dib, gaar ahaan kuwa ka soo jeeda Gobollada bariga Soomaaliya. Koonfurta waxaa looga yaqaannay Mooryaan, Woqooyigana Dayday.

dhintay iyo hal nin oo dhaawac sahlani soo gaadhay. Ninka dhintay wuxuu ahaa Hawiye mase hubo cidda uu ka sii ahaa. Waa khasaare aad u yar marka loo fiiriyo wixii magaalada ka dhacay.

Markaannu, badi isu nimid ayey, madaxdayadii noo soo tebisay wararkii ugu danbeeyey. Naxdin ayey calooshu naga soo dhici gaadhay. Niyaddii aannu ku dagaallamaynay way naga jabtay. Qoryihii ayaannu dhulka iskaga wada xoornay. Farba waannu dhaqaajin kari waynay. Waxa halkii naloogu qaybiyey waxoogaa lacag ah oo noo taallay. Waysooyinkana waxannu ka wada buuxsannay sharaab. Aniga iyo rag badan, waxaa naga dhaadhacsanayd in isla caawaba nala fasaxayo. Waxaan ka fekerayey in aan sharaabkan ku sii cabbo jidka, inta aan ka gaadhayo col weynihii al-Itixaad. Maskaxdaasi waxay ahayd mid aan khibrad lahayn. Ma aannaan fahansanayn wuxuu dagaalku yahay. Runtii aniga wax dareen colaadeed ahi iguma buu jirin.

Waxaannu bilawnay in aannu ka fekerno marka xorriyadda nalaga qaado waxa aannu ku samatabixi lahayn. Waxaannu yaqiinsanayn in nalagu qaadi doono xeerka Soomaalida ee qabiilka. Ninkii ka dhashay reer la saaxiib ah beelaha bari dega, wuu badbaadayaa. Ninkiise ka dhashay reer ay col yihiin reerahan, way u dhammaanaysaa. Sidaas ayaa naga dhaadhacsanayd. Markaa qolyahayagii isu qabay reero la neceb yahay, waxaannu ku fekernay in aannu aqoonsi cusub samaysanno. Waa in aanu reero kale noqonno. Anigu nin Maxamuud la odhan jiray ayaan ka codsaday in uu ii qoro qabiilkiisa ilaa jilibka hoose, si aan hadhaw u sheegto. Maxamuud wuxuu noqday nin Dhulbahante ah oo Naalleeye Axmed ah. Wuxuu ahaa nin Ilaahay qurux u dhammeeyey. Aroos cusub ayuu ahaa, xaaskiisuna dhakhtarka ayey ku jirtay xanuun dartii.

Warkii is dhiibkayagu wuxuu ku fiday magaalada oo dhan. Jabhadihii nala dagaallamayey, waxay u hanqaltaageen hanti loogu sheegay in aannu Isbitaalka ku haysanno. Waxay u habaysnaayeen hab qabaa'il ah. Qolo waliba waxay ku taamaysay in ay iyagu mutaan magaca qabsashada Isbitaalka. Waxay ka dhimanayeen in ay sharaftaas reeraha kale qaataan. Sidoo kale waxay u kala dheeraynayeen in ay bililiqaystaan alaabo qaali ah oo loogu sheegay in ay al-Itixaad ku haystaan Isbitaalka. Alaabtaas la sheegayna ma jirine waxaa lagu dagaal geliyey dadka. Qabiil waliba aaggii uu isbitaalka kaga aaddanaa ayuu deyrkii soo fantay. Waanay is ilaalinayeen oo may ogayn in aannu weli dhufayska ugu jirno iyo in kale. Xabbado yool-baadh ah ayey kolba soo tuurtuuraan. Annagiina qol ayaannu isugu wada tagnay. Qolkaasi wuxuu ku yaallay badhtanka oo xagga bari iyo xagga Koonfureed iyo xagga galbeed-waqooyi waxa naga xigay dhismayaashii kale ee isbitaalka. Qoryihii dhulka ayaannu iskaga wada tuurnay. Wax nafsad[48] ah uma aannu hayn in aannu qoryaha gacan ku tiigsanno. Waxaannu isu sheegaynay in ay tahay in aannu is-difaacno inta odayashu imanayaan. Laakiin niyaddii meeday? Wuu dhintay dareenkii ahaa in aannu is difaaci karno. Jirridu markii ay arkeen in aanay cidi

[48] Nafsad = niyad

ka jawaabayn xabbadaha yool-baadhka[49] ah, way soo dhiirradeen. Waxaa dhabowday maansadii odhanaysay:

"Dhidarkuba[50] xabaalaha
Kuma dhaadheceenoo
Kuma dhiirradeen ruux
Celin kara dhawaaqee
Kolkuu meydka dhiilliyo
Dhaqdhaqaaq ka waayuu
Hore ugu dhawaadaa
Dhinacyadiyo feedhaha
Muruqyada ka dheegtaa"

Mar qudha ayey qolo waliba halkii ay joogeen ka soo daateen. Dhinaca Koonfureed waxa ka soo qulqulay[51] niman aakhirkii noqday qabiilka Cali Saleebaan. Xagga waqooyi waxa ka soo qamaamay[52] Cismaan Maxamuud. Meel kastana hal reer ayaa ka soo degey. Waxaa nagu soo horreeyey Cali Saleebaan.

Waxaannu kicinnay odaygii noogu weynaa oo gacanta ka dhaawacnaa oo aannu ku nidhi: nimanka

---

[49] Yool-baadh = fal la sameeyo si loo ogaado sida iyo waxa looga fal celiyo.

[50] Dhidar = waa bahal waraabaha ka yar oo xabaalaha qota. "Dhidar xabaalo qodaa qudhunbuu uga dhacaa"

[51] Qulqul = socodka biyaha roobka. Laakiin waxaa loo adeegsan karaa wixii iyagoo fara badan dhinac u wada socda

[52] Qamaamid = xoolaha ku yaacaya biyo ama milix ay u baahanyihiin. Laakiin waa loo adeegsan karaa dad fara badan oo meel ku wada yaacaya.

inagala hadal. Markii uu sidaas u kacayba way na soo gaadheen. Waxay nagu amreen in aannu daaqad ka soo baxno. Waxaannu taas u qaadannay khatar. Markaas kadinka[53] ayaannu ka soo dareernay. Shaw iyagu waxay rabaan in ay naga badbaadiyaan kooxaha kale. Annagoo gacmaha kor u taagayna, ayaannu soo wada dareernay. Hubkayagii ayey na waydiiyeen, annaguna u sheegnay inuu qolkaas yaallo. Way na dhaqaajiyeen. Dhismayaasha Isbitaalka ee galbeed ugu xiga ayey na fadhiisiyeen mid ka mid ah hoosgalabeedkiisa bari.

Annagoon weli wada fadhiisan, ayey na soo gaadheen qolyo kale oo muusannaabayey. Qoladii na haysay dib ayey nooga bexeen, markii ay arkeen siday nimanku u dagaallansan yihiin. Kuwii kalena intay iskaayo dul taageen ayey baas[54] nagu fureen. Waxaannu u daadannay sidii xasharaad la buufiyey. Waannu is jiidhnay. Intii aanay xabbaddu haleelin qofba meel ayuu u booday.

Aniga iyo dhawr kale waxaannu u boodnay dhinaca waddada ka baxda kadinka. Waxaannu aragnay, kadinkii oo laga soo qulqulayo. Markaa dhismihii hadh-qoodaalkiisa nala fadhiisiyey, daaqaddiisa Koonfur ujeedda, ayaannu isku saydhnay. Markii aniga mooyaane ay intii kale ku dhaadhacday qolkii, ayaa kadinka looga soo galay qolkii. Waxaa lagu furay rasaas. Markaas anigu dib ayaan uga joogsaday in aan

---

53 Kadin = albaabka

54 Baas = halkan waxaa loola jeeda rasaas aan kala go' lahay oo mar la wada rido

daaqadda fuulo. Dib ayaan u jeestay, saa isbitaalkiiba wuxuu la ciirciiray dad qamaamaya. Meel aan u dhaqaaqo waaban garan waayey. Dabadeed waxaan ku laabtay hooskii ay na fadhiisiyeen markii hore oo ay dhaawaca iyo maydku is dul yaallaan.

Waxaan ku fadhiistay dhagax, gidaarkana dhabarka ayaan saaray. Hortayda waxaa daadsanaa raggayagii. Mid cabaadaya, mid galgalanaya iyo mid aan dhaqdhaqaaq ku jirin intaba way lahaayeen. Runtii saacaddaas mawdkii ayaan indhayga ku arkay. Maskaxdayda wax aan geeri ahayni kuma ay jirin. Goorma ayaad dhimanaysaa mooyaane wax kale isma aan weydiinayn. Waxaaban bilaabay inaan ka sii fekero dhimashada ka dib waxaan la kulmi doono. Werwerkii ugu badnaa ee igu soo dhacayey wuxuu ahaa in ay hooyaday iga raalli tahay iyo in kale oo aanan ogayn.

Isbitaalkii waxaa iska soo buuxiyey dad aan la tirin karin. Xooggoodu qoryo ayey laalaadsanayeen. Buuq iyo qaylo ayaa ka baxaysay. Waxay qaadanayeen wax alla wixii u fududaada. Bililiqo, bililiqo iyo bililiqo. Rag iyo dumarba waa la is dhex yaacayey. Waxaan arkay raggii aannu isku kooxda ahayn oo qaar badani dadkii dhex boodayaan. Cidina kama ay garanayn dadka kale. Haddaan magaalada Boosaaso cid uun ka garan lahaa dadka ayaan iska dhex geli lahaa oo cidina markaas ima ay soo qabateen. Sidaan u fadhiyey halkii ayey qaar ku soo leexdeen meydkii iyo dhaawicii aan dulfadhiyey. Kabihii ayey kala bexeen. Saacadihii ayey ka furteen. Jeebadahoodii ayey baadheen. Waan yaxyaxay oon khajilay. Sidee baa qof meyd ah loo furan karaa? ayaan isweydiinayey. Taasina aqoon la'aan xagga dagaalka ah ayey iga ahayd. Maxaan kula yaabayey is baadhasho iyada oo aan arkayo in naftaba la iska jarayo? Anigii ayaa la i baadhay oo lacag yar oo aan jeebka ku haystay la iga qaaday. Saacaddii aan gacanta ku xidhnaana waa la iga furtay.

Ragga hortayda yaallay waxa ka mid ahaa nin si xoog ah u rafanayey oo cabaadayey. Waxaan u haystay in uu dhaawac xun qabo, laakiin nin dadkii meesha marayey ka mid ah ayaa yidhi: *"Waar muxuu kani la rafanayaa waxba ma qabee?"*. Waan yaabay. Toloow sidee buu ku ogaaday in aanu waxba qabin? Haa, waxay yaqaanneen in aanu qofka dhaawaca ahi sidaas u rafan illeen xanuun iyo damaq ayey ku sii kordhinaysaaye. Runtii ninkaasi waxba ma uu qabin laakiin wuxuu isu qabay in uu dhaawacmay. Halkii ayuu ku wajaqay oo waalli hor lihi uga bilaabantay.

Cabbaar ka bacdi ayuu na soo agmaray wiil dhallinyaro ah oo caato ah oo dheer. Waxaan ku qiyaasay dhawr iyo labaatan jir ilaa soddon jir. Wuxuu ku dhawaaqayey: "*Waar maxaa ragga loo laayey? Waar maxaa ragga loo laayey?*". Dabadeed inta uu igu soo jeestay ayuu igu yidhi Afingiriisi: "*Don´t worry, wax danbe idinkuma dhacayaane.*" Haddana waxaa ii yimid nin oday ah oo macawis xidhan. Macawistu shullaha ayey u joogtay. Aad ayuu uga xumaa waxa nagu dhacay. Garabka ayuu i qabtay oo wuxuu igu yidhi soo kac. Wuu i kexeeyey oo wuxuu i geeyey qol lagu ururiyey wixii ka noolaa raggayagii. Isu geyn 12 nin ayaannu ku fayo qabnay. Shan nin way dhinteen. Shan ninna way dhaawacmeen. Intii kalena magaalada ayey dhinac ka xuleen. Ragga dhaawacmay waxan ka xasuustaa Cumar oo ka mid ahaa raggii aanu wada soconnay. Wuxuu ahaa reer Boorama/Gadabiirsi. Ragga dhintay waxaa ka mid ahaa Cabdiraxmaan oo reer Hargeysa/Ciidagale ahaa, Cabdicasiis oo reer Boosaaso/Dishiishe ahaa, laba nin oo Dhulbahante ahaa iyo hal nin oo Hawiye ahaa. Ma xasuusataan ninkii odayga ahaa ee aan ka qortay haybtiisa, si aan u sheegto? Ninkaasi wuxuu ka mid noqday kuwa xijaabtay. Intayada nolosha lagu qabtay waxaannu ahayn dad aan ka soo jeedin gobolkaas. Markii hore taas ma aannu ogayn.

Qolkii nalagu hayey wuu nagu madoobaaday. Ninna nin lama uu hadlayn. Qofna isma uu dhaqaajinayn. Sababta oo ah sidaas ayaa nalagu amray, maaddaama aan si fiican naloo baadhin. Xitaa salaaddii maqrib niyadda ayaannu ka tukannay. Weli ma maqasheen salaad niyadda laga tukado? Kolba waxaa noo imanayey rag wax na weydiinayey. Waxaa nalaga qoray magacyadayada iyo qabiilooyinkayaga. Markii aniga la i marayey waxaan sheegtay Dhulbahante. Waxaan u malaynayey in Dhulbahante iyo Isaaq meeshan lagu kala jecel yahay. Waxaan moodayey in qofka haybtiisu xukumayso mustaqbalkiisa. Laakiin cidla ayaan gudayey. Raggii kale oo dhami runta ayey ka sheegeen qabiilkooda aniga iyo nin kale mooyaane. Waxaana ragga kale ku jiray qaar ila kiis noqon lahaa.

Meel debedda ah ayaa gogol naloo dhigay. Waxaa naloo keenay baasto cad oo sonkor lagu daray. Waxaannu u cunnay si ay ka yaabeen kuwii na ilaalinayey, maxaa yeelay waxba ma aannu cunin wakhti dheer. Habeenkaas isla halkii gogosha naloo dhigay ayaannu seexannay. Anigu waan hubaa oo salaaddii subax waan tukaday, laakiin gaar ayaan u tukaday, niyaddana kama aan tukane, waan isu taagay, laakiin ma waysaysan.

Markii waagi beryey, ayaa nalagu xareeyey qol weyn oo isbitaalka ka mid ah oo naloo banneeyey. Waxaa naloo keenay biyo aannu ku maydhanno. Waxaa korkayaga saarnaa uskag iyo qaanjeer. Waxaa na yara dacaayadeeyey mid waardiyaha ka mid ahaa oo yidhi: *"Wallaahi in aan nimankaa xalay midna ka tukannin!"*

Dabadeed waxaa noo yimid odayaal. Waxay naga codsadeen in aannu si fiican uga jawaabno wixii nala weydiiyo. Maydkii oo la soo ururiyey ayaa nalaga doonay in aannu sheegsheegno aqoonsigooda, waanaannu yeelnay. Ragga dhintay waxaa ka mid ahaa Cabdicasiis oo Dashiishe ahaa. Cabdicasiis wuxuu ahaa nin dhallinyaro ah oo beryahaas guursaday. Waxay jirridu toogteen markii ay isbitaalka qabsadeen, isaga oo gurigiisa ku sii ordaya oo kuba dhawaa.

Annagana si rasmi ah ayaa naloo waydiiyey aqoonsigayaga iyadoo la qorayo. Nin walba magaciisa iyo qabiilkiisa ayaa la waydiiyey. Waxaannu noqonnay saddex iyo toban nin oo kala ah: nin Marreexaan ah, nin Leelkase ah, nin fiqi Muxumed ah(Dir), nin Cawlyahan(Ogaadeen) ah, nin reer Aw Xasan ah oo sheegtay Ogaadeen, nin Dhulbahante ah, nin Warsangeli ah, nin Habarti-waaq ah (Majeerteen), nin Ciise ah, nin Gadabiirsi ah, nin Sacad Muuse ah iyo laba Ciidagale ah. Waa saddex iyo toban nin oo ka kala yimid dhammaan dhulka Soomaalidu degto. Waa laba iyo toban qabiil oo Soomali ah. Dabcan inta dhaawaca ahina sidaas oo kale ayey u kala duwanaayeen. Waxaa xus mudan in uu nagu jiray nin ku abtirsada shakhsiyadda Soomaaliyeed ee caanka ah, Cigaal Shidaad. Waxaa la odhan jiray Xasan Salaad Cali Cigaal Shiidaad. Markii nalaga qorayey magacyada ee aniga la i soo gaadhay ee aan sheegtay haybtayda, ayuu yidhi mid askari ahaa: *"Waar maad jaadkaagii iska beeratid?"* Waan la yaabay, maxaa yeelay umaan qabin in Ciidagale geel mooyee jaadkana lagu xanto. Dib ayaanse ka aqoonsaday arintaas. Ninkaas askariga ahi. wuxuu ahaa mid kaftan iyo ilaaq badan.

Goobtaas isbitaalka ah, waxaa nalagu hayey laba habeen. Waxay ahayd isla meeshii nalagu qabtay. Waxaa gacanta nagu hayey labadaas habeen qabiilka Cali Saleebaan. Si fiican ayey noo hayeen. Suuliga[55] nagama ay xakamaynayn. Nooma ay hanjabayn. Waabay nala sheekaysanayeen. Cunto fiicanna way na siinayeen. Xitaa hilib ayey na siiyeen. Waxaanay inta badan ka faalloonayeen kala duwanaanshahayaga iyo sababta isku kaayo keentay. Waxaa dadkaas ku adkayd in ay fahmaan dad baa fikrad ay aammineen isku raacay

---

[55] suuliga = musqusha

oo dagaal ku wada galay. Waxaanan weli illoobin nin oday ahaa oo aad u cadhaysnaa, una cadhaysnaa ragga Daarood ee naga midka ahaa.

Wuxuu yidhi: *"Waar gartay ninka Isaaq iyo ninka Hawiye ee halkan ka dagaallamaya ujeeddadooda, ee maxay tahay ujeeddada ninka Daarood ee Boosaaso ku dagaallamayaa?"*

Waxaad moodaysay in uu rumaysnaa in waxaa keliya ee dagaal lagu wada geli karaa ay tahay qabyaalad ama isir. Laakiin muu garan. Annagu labadaas cisho waannu shoogsanayn. Maannaan hadlayn. Xitaa nolol kumaannu ducaysanaynin. Iyadoo sidaas xiskayagu u maqan yahay ayuu wiil Saleebaan la odhan jiray soo xasuustay aayad Quraan ah oo nolol na soo gelisay. Aayaddaasi waxay odhanaysaa *"Nafina ma dhimanmayso Ilaahay oo dhimashadeeda idma mooyaane, arrintaasi waa qoraal muddaysan*[56]*"*. Waxay ku jirtaa suuratu-Aal-cimraan. Wallaahi waxad moodaysay in aanan hore u maqal, dibna umaan illaabin. Raxmad iyo farxad ayaa nagu soo degtay markii ay aayaddaasi dhegahayaga ku dhacday.

[56] Waa aayadda 145 ee suuratu Aal-Cimraan

LA WAREEGIDDII SSDF

Markii laba cisho aannu la joognay qoladii Cali Saleebaan ee isbitaalka joogtay, ayey odayaal noo yimaaddeen. Waxay noo sheegeen in ay nagu wareejinayaan maamulka meesha ka jira oo ah SSDF[57]. Waxay noo sheegeen, in uu xilkayagu ka wareegayo oo aanay iyagu shaqo ku lahayn wixii aannu ka mudanno SSDF; haba yaraatee. Arrinkaas uurka ayaannu ka necbaysanaynay. Waxaannu wejiyada odayaasha ka dareemaynay in aanay wax cadaawad ah noo hayn.

Labadaas cisho, marmar ayey ragga qaar cadho ku kacaysay. Waxaan xasuustaa nin oday ah oo nagu muusannaabay. Wuxuo noo qabay in aanu Daarood wada nahay ama u badannahay. Markaa wuxuu yidhi:

"Sidee ayey u dhici kartaa in uu nin Daarood ahi Boosaaso weeraro? Miyeydaan ogeyn in ay tahay halkii uu ka soo degey Sh. Daarood Ismaaciil? Halkan ayey ku taal, meeshii uu hilibka dhigtay, welina dhagixii uu hilibka saaran jiray waxa ku sawiran shantiisii farood iyo feedhihii sarartii uu cunayey."

Runtii waxaan u qabay wuxuu ku hadlayo khuraafaad, laakiin isagu wuu rumaysnaa, dad badan oo sidaas la qabaana way jiraan.

---

[57] SSDF = Somali Salvation Democratic Front, waa ururkii ugu horreeyey ee hub kula dagaallama dawladdii Soomaaliya. Dagaalladaas oo noqday bilawgii burburka qarankii Soomaaliyeed. Waxaa SSDF wakhtigaas hoggaaminayey Cabdullaahi Yuusuf Axmed.

Maalintii 28kii juun ayaa nalaga saaray isbitaalkii. Wuxuun baa nalaga reebay, shantii dhaawaca ahayd. Waxaa nalagu guray gaadhi dusha ka go'an. Waxaana dhinac walba nalaga geliyey baabuur tekniko ah oo ciidan ka buuxo oo qoryo ku rakibnaayeen. Isbitaalka hortiisa waxaa isugu soo baxay magaaladii oo dhan. Dadku way buuqayeen, mase xasuusto waxay lahaayeen. Waxaan hubaa uun in qolyaha ciidanku isku dhahayeen:

"Waar nimanka iska ilaaliya! Waar nimanka iska ilaaliya!"

Waxaad mooddaa in ay noo qabeen rag balaayo ka dhacday oo komaandoos ah, balse annagu sidaas isuma aannu arkayn. Tuhunkuse waa sed.

Waxaa nala geeyey Saldhiggii Booliska ee magaalada Boosaaso. Saldhiggu wuxuu lahaa deyr gaaban oo burburay oo dayacnaani ka muuqato. Deyrka dhexdiisa waxaa ka taagnaa dhisme weyn oo ka kooban qolal badan. Waxaa nalagu xareeyey qol yar oo qiyaastii gudihiisu ahaa 2X3 m (laba mitir oo ballaadh ah iyo saddex mitir oo dherer ah). Xagga bari wuxu ku lahaa daaqad aan xidhnayn oo biro garaa'id ahi ku jiraan. Dhulka hoosena wuxuu ahaa sibidh aan wax gogol ahi oollin. Waxaa meeshii aannu ugu nimid laba nin oo mid ahaan lagu soo qabtay dagaal ka dhacay kontoroolka xagga Koonfureed ee laga soo galo magaalada. Wiil dhallinyaro ah ayuu ahaa. Qabiil ahaanna Cali Saleebaan ayuu ahaa. Midka kalena wuxuu ahaa nin weyn oo Warsangeli ah oo lagu magacaabayey "Bigays". Wuxuu lahaa baabuur booyad ah. Markaa waxaa lagu eedeeyey in uu baabuurkiisa ku caawinayey al-Itixaadka. Labada ninba si dhakhso ah ayaa nalooga sii daayey oo naguma ay raagin.

Markii qolka, sidaas naloogu xareeyeyba, waa nalagu soo ururay. Waxaa la wada rabay in nala arko. Dadku waxay isugu jireen nooc kasta: odayaal, askar hubaysan iyo madax kale. Waxay bilaabeen in ay warbixin kooban oo xagga aqoonsiga ah naga qoraan. Waxaa nala waydiinayey magacyadayada iyo magaalooyinka aannu ka nimid. Halkan qabiil nalaguma waydiinin, sababtoo ah, hore ayaa naloo waydiiyey, waxaana naloo muujinayey in aannu gacanta ugu jirno, maamul ilbax ah oo aan qabiilka qofka fiirinayn. Laakiin qabiilkayaga waxaaba laga garan karayey kolba magaalooyinka aannu sheeganno.

Dadkii halkaas joogay waxay ahaayeen qaar iga yaabiyey. Waxay iska dhigayeen dawlad. Ragga waxay ku kala tilmaamayeen darajooyin u dhigma kuwii dawladdii Soomaaliya ee dhacday (xidigle, gaashaanle, laba-alafle iyo wax la mid ah, ayey isugu yeedhayeen). Dhinaca Hargeysa ee aan ka imid lagama jeclayn darajooyinka mulllateriga ee halkan lagu faanayey. Nin lagu magacaabayey "Dimishinka" Gobolka Bari oo la macno ah taliyaha booliska ee Gobolka Bari, ayaa ka mid ahaa dadkii jeelka nagu soo dhaweeyey. Wuxuu ahaa nin oday ah oo aad u qurxoon. Furfurraan iyo dabeecad wanaag aad ah ayaa ka muuqday.

Markii nala waydiinayey gobollada aannu ka nimid ee qof waliba sheegtay meeshii uu rasmi ahaan ka yimid ee aniga la i marayey, ayuu si gaar ah iigu soo jeestay taliyahaasi. Dadkoo dhami way arkayeen in uu ahmiyad gaar ah i siinayey. Markii la i waydiiyey magacayga iyo magaaladaan ka imid ayuu hadalkii ku soo booday. Waxaan u sheegay in aan ka imid magaalada Hargeysa. Wuxuu Dimishinkii, igu celiyey su'aal kale oo ahayd: *"Haaye Hargeysa dhinacee? Ma Gebilay, ma Sallaxley, ma Badar-wanaag, mise... xaggee?*

Magaalooyinkaas uu tiriyey berigaas midna maan arag. Laakiin waan fahmay ujeeddadiisa. Wuxuu rabay in aan si reer magaalnimo ah u sheego haybtayda. Aniguna waxaan ugu jawaabay: "Sallaxley." Dabadeed wuu qoslay, markaas ayuu igu yidhi: "Haaa, waaryaa Cabdiwaraabe! Cabdiwaraabe ayaad tahay." Wixii maalintaas ka danbeeyey ninkaasi dhawr jeer ayuu wiiggii naga soo wardooni jiray. Wuxuu na waydiin jiray xaalkayaga, dabadeed aniga ayuu si kaftan iyo qosol ah iigu odhan jiray: "Haye Salaxley! Bal xaalkaaga ka waran?" Markaas ayaan nabad iyo caano u sheegi jiray. Nin aad u fiican ayuu ahaa. Waxaa beri danbe la ii sheegay in uu gacan xaqdarro ku dhintay ninkaas odayga ahaa. Alle haw naxariisto, isaga ayaa arxamu-raaximiin ahe!

Markii ay noo sharraxeen asluubta maxbuus ee nalaga rabo, ayey madaxdii naga tageen. Waxaa nagu soo hadhay askartii na waardiyeynaysey. Qoryahooda ammaanka ayaa u wada furnaa. Qolka oo furan ayey kadinkiisa taagnaayeen, annaguna dhulka oo hoostooda ah ayaannu fadh-fadhinay. Waxay nala dultaagnaayeen faallo, cay iyo handadaad. Su'aalo daandaansi ah, ayey na waydiinayeen. Annaguna sidii shimbiro la qabqabtay ayaannu is kuusaynay. Markii ay caydii naga dayn waayeen ayuu u jawaabay wiil naga mid ahaa. Waxa la odhan jiray Cabdulqaadir, waxanu hayb ahaan ahaa, Marreexaan. Wuxu ku yidhi:

"*Waar yaadha, waynu is dilnay, ragguna way is dilaan. Waad naga rayseen, midkeen uun baana laga rayn lahaa ee naga daaya qaylada.*"

Runtii waannu ka naxnay hadalkaas, haddana waxaannu dareemaynay in uu geesinnimo muujiyey. Ninkaasi marnaba isuma uu jilcin jirin nimanka na haya. Waxaa isna la mid ahaa wiil kale oo Leelkase ahaa oo lagu magacaabi jiray Cabdulcasiis. Labadooduba ragga way iska celin jireen, waxaanaannu u baqan jirnay naftooda iyo taayadaba. Haddana taasi waxba may yeelin oo labadoodiiba dhakhso ayaa jeelka looga sii daayey. Xitaa bil kuma ay jirin. Isku hallayn ayey qabeen ayey dadka qaar ku andacoon karaan. Waxaa u dooday baa la yidhi, qaraabadoodii oo laga rabay in ay taageero u fidiyaan dagaalka lagula jiro ururka islaamiga ah ee al-Itixaad. Si kastaba ha ahaatee waxaan ka faa'iiday labadaas nin, in aan is jilcinta iyo is miskiinintu kaa samata bixin karin dhibaato aad ku jirto, adadkaantuna kugu sii adkayn karin dhibkaas.

BOOQASHOOYINKII GACALNIMO

Qofkii ugu horreeyey ee nagu soo boqda jeelka ee aan ahayn qolyaha na haysta, waxay ahayd gabadh da' yar oo si wanaagsan u xijaaban. Waxay u dhaxday nin ka mid ahaa ragga magaalada ka baxay ee al-Itixaad, haybta qabiilkana Warsangeli ahaa. Waxay noo sidday gogol aannu sibidhka iska xigsiinno iyo sharaab baraf ka buuxo oo naftu ku raaxaysanayso. Xilliga lagu jiraa (juun-julaay) waa marka ay ugu kulushahay magaalada Boosaaso iyo magaalooyinka kale ee xeebaha Badda Cas. Gabadhaas weli maan illoobin. Geesiyad ayey ahayd.

Qofkii labaad ee na soo booqday waxay ahayd gabadh lagu magacaabo "Ina Calool-geelle". Waxay u dhaxday nin reer Boosaaso ah oo magaalada caan ka ahaa, laakiin waxay ka soo jeedday magaalada Hargeysa. Markii ay maqashay niman reer Hargeysa ah ayaa ku jira maxaabiista, ayey noo timid. Dabadeed aniga ayaa la iigu yeedhay. Labadii nin ee kale looma yeedhin. Sababta aniga la ii doortay waxay ahayd iyada oo ay u fududayd askarta in ay i xasuustaan. Waan ugu yaraa ragga meesha ku xidhan. Markii aan u soo baxay, ayey ooyday gabadhii. Si wanaagsan ayaannu isu salaannay. Ismaanu garanayn ee way i waraysatay. Haybta ayey i waydiisay. Magaca aaabbahay ayey i waydiisay, wayse garan wayday. Dabadeed iyadii ayaa isu kay sheegtay. Magaca aabbeheed ayey ii sheegtay; *"Ina Calool-geelle ayaan ahay"*, ayey igu tidhi. Waxaan u qaatay "Calool-geelle" aannu jaar ahayn oo xaafadda Jamaceeda ku lahaan jiray qasabad biyood, laakiin kaas ma ahayn. Waxay ii sheegtay walaalkeed oo shaw caan ahaa, laakiin waan garan waayey. Haddana waxay dadkii isaga dhigtay in ay i garanayso. Way igu oyday. Way igu muusannawday. Way igu barooratay. Dabadeed waxay la hadashay ninkii hadalkayaga waardiyeynayey oo ahaa ninkii ilaaqda badnaa.

Labadoodu way is garanayeen. Iyadana magaalada aad ayaa looga yaqaannay oo qolyaha jaadka magaalada yimaadda iska leh ayey ahayd. Waxay ninkii ku tidhi: *"Dumaashi, qayilkaaga waan ku siinayaaye inankan qalin iyo warqad u keen oo u qari, dabadeedna ka soo qaad marka uu dhammeeyo."* Waraaqdaas waxay doonaysay in aan reerkayagii u qoro oo ay iyadu u gudbiso.

Halkaas ayaan ku qoray warqad dheer oo aan xaalkayga iyo xaalka ragga meesha igula jira kaga warramay. Waxaan ku hagaajiyey hooyaday. Markii aan qorayey warqadda, dhimasho mooyee nolol maan filanaynin. Dadkii warqaddu gaadhayna way fahmeen dareenkayga. Waxaan uga warramay sida wax noogu dheceen oo kooban, ragga ila xidhan ee ka yimid Hargeysa, kuwa ay yihiin iyo haybtooda iyo kuwa dhintayba waan tilmaamay. Waxaan ka codsaday hooyaday in ay i saamaxdo iyo in ay iga guddo soon qalle ahaan, la iigu lahaa oo toddoba cisho ahayd. Runtii nolol maan filanayn. Waxaa beri danbe la ii sheegay in warqaddaydaas la geeyey magaalada Darroor ee ku taal gobollada Soomaali-galbeed oo ay hooyo joogtay. Waxaa halkaas geeyey jaadleyaal ku socday dhinaca Jigjiga. Suuqa dhexdiisa ayey ka naadiyeen magacayga oo laga wada garanayo. Taasi waxay keentay in ay dad badani ogaadeen xadhiggayga.

Gabadhii Ina Calool-geelle waxay nagu soo noqotay maalintii labaad. Waxay noo sidday saddex macawisood, saddex garan, saddex Shaamboo, hal shanlo, saliid iyo 120,000sh. Waxay ugu talo gashay sadexdayada wiil ee reer Sheekh Isxaaq. Laakiin annagu iskuma aannu koobine min hal shay ayaannu kala baxnay intii kalena waxaannu u qaybinay raggii kale. Runtii waxay ahayd deeqsinnimo aanay iyadoo kale jeelka Boosaaso nagu soo marin. Dadkii kale ee noo yimid waxay wax siinayeen qofkii ay u yimaaddeen oo keliya.

WAAYIHII MAXBUUSNIMO

Sidaas ayaannu ku qabatinnay[58] qolkii cidhiidhiga ahaa ee jeelka. Haddii aannu is wada garab seexanno nama uu qaadeen ee talan-taalli[59] ayaannu u seexan jirnay oo kooxiba gidaar ayey madaxa u jeedin jirtay cagahana waanu is dhaafin jirnay. Meel cidhiidhiya ayey ahayd. May jirin meel ay hawo ka soo gasho oo furnayd. Haddii laga tegi waayo qolku wuxuu lahaa daaqad yar oo biro garaa'id ahi ku go'naayeen. Daaqaddaas wax hawo ahi, kama ay soo geli jirin, sababtoo ah, xilligaas hawaba kama ay jirin Boosaaso oo xagaa ayey ahayd.

Laakiin waxaannu ka arki jirnay dadka hor marmaraya oo ahaa kuwa ka shaqeeya Saldhiga Booliska. Daaqaddaas waxaa habeen walba soo fadhiisan jiray oday qayilaya iyo dad la qayila. Hadalka kelidii ayaa haysan jiray oo dadka kolba la joogaa way ka guri jireen uun. Wuxuu ka hadli jiray kolba halka dagaalku marayo, isagoo u sheegi jiray in qoladayadii la baabi'iyey, iyo in ay iyagii is khilaafeen. Wuxuu kale oo ka hadli jiray xaaladaha colaadeed ee dalka ka taagnaa.

Ninkaas odayga ah waxaa magiciisa ku jiray Muuse, waxaana uu ahaa nin codweyn oo codka kor u qaadi jiray. Waxaad u malaysaa in annaga naloogu talo galay si uu maskaxdayada wax kaga beddelo.

---

[58] Qabatin = la qabsi

[59] Talan-taalli = is waydaar

Xagga cuntada waxaannu ku quraacan jirnay shaah iyo roodhi, waxannu ku qadayn jirnay cunto iska caadiya, galabtiina shaah casariye ah, ayaa nala siin jiray. Runtii cunto xumo uu maxbuus ka cawdo, nagumay soo marin jeelka Boosaaso. Waxayse dhibta ugu wayni naga haysatay xagga musqusha. Musqushu waxay ka samaysnayd god ay jawaanno gidaar u yihiin oo dhinacyada ka daldaloola. Waxay ku taallay meel ka baxsan dhismaha aannu ku xidhnayn oo ku dheggen deyrka. Laba jeer ayaa naloo oggolaa in aannu maalintii booqanno musqusha. Labada jeerna may ahayn qaar baahidayada ku xidhan ee waa qaar ay noo dooreen. Mar waa lixda subaxnimo, marka kalena waa lixda fiidnimo. Markiiba saddex daqiiqo ayaa naloo ogolaa in aannu ku jirno. Hadday nagu dhaafto waa nalagu furayey albaabka. Intaas aannu ku jirno hareer kasta waxaa naga taagnaan jiray waardiye. Xitaa aqallo suuliga ku dhaw askar waardiye ah ayaa dusha uga bixi jirtay. Marka qof soo dhamaystaba mid kale ayaa la soo dayn jiray. Wakhtiyada kale si kasta oo aannu ugu baahanno beytal-may[60], nalooma oggolayn. Maydhasho iyada hadalkeedaba iska daa. Muddadii aannu jeelka Boosaaso ku jirnay korkayaga biyo ma ay taaban. Waxaa dhici jirtay in ay kaadi na qabato maalintii ama habeenkii oo naloo diido in aannu suuliga u baxno. Waxaa dhici jirtay in ay ragga qaar, calooshu xanuunto oo musqusha loo fasixi waayo. Waxaan xasuustaa rag uu calool xanuun ku dhacay oo is xejin kari waayey,

[60] baytal-may = Musqul, suuli, xamaam

dabadeedna aannu bac u dhignay si aan qolku nooga nijaasoobin. Macaanka xorriyada waxaad ogaanaysaa marka kaadidaada cid kale xukunto. Ma qof uun baa marka ay kaadidu qabato hawl yaraan musqul u gelaya? Ma qof uun baa marka uu doono iska xaajo gudanaya isagoon cidna ka baryin? Taas ayaa xorriyad ah! Taas ayaa xorriyad ah!.

Hawada waxaannu arki jirnay mararkaas aannu suuliga aadayno oo keliya. Markaasna waxaannu arki jirnay dad fara badan oo nagu dhego hadli jiray. Waxay isku caayi jireen magac ay noola bexeen oo ahaa "Ikhwaan", annagana way nagu caayi jireen. Qofka ay arxan darro ku tilmaamayaan waxay ku odhan jireen waa "Ikhwaan" ama "wuxu ma Ikhwaan baa". Raggayaga qaar ayaa iska dhicin jiray nimanka ku dhego hadlaya, laakiin anigu ku dhacaas ma aan lahayn.

Bilawgii jeelka waxaa nalaga qoray warbixin qof qof naloola yeeshay. Waxaa na waraysanayey nin cimrigiisu dhexdhexaad yahay oo deggenaansho badani ka muuqday. Qof waliba mar ayuu u tegayey. Waraysigaasi wareer ayuu nagu riday. Qof waliba wuxuu ka shakisanaa in ay ragga kale is khilaafaan ama qaar sheegaan wax noo wada khatar ah. Laakiin maba aannu kala garanayn waxay badbaado noogu jirto iyo waxa kale. Anigu waxaan ka mid ahaa dadkii ugu danbeeyey ee ninkaa dembi baadhaha ah la kulma. Wax walba waxaan ugu sheegayey sidii ay ahayd. Waxaa ka mid ahaa wixii uu i waydiiyey, magacayga, da'dayda, qabiilkayga, sidaan Boosaaso ku imid, sababtaan u imid, in aan qori sitay ama aanan sidan iyo su´aalo kale.

Markii uu qabiilkayga i waydiinayey wuxuu u muuqday nin dad aqoon ah. Markii aan marayey wareegga afraad ee haybtayda, oo ah Yoonis, ayuu ku daray su´aashan: "Ma Maxamed Yoonis mise Aadan Yoonis?" Markaas ayaan ugu jawaabay: "Maxamed Yoonis." Dabadeed madaxa ayuu lulay. Wuxuu u eekaa nin iga naxayey ama ii werwersanaa. Wuxuu igu yidhi: *"Khayr bay noqon, insha Allah."*

SII DAYN MAXAABIISTA QAARKOOD

Maxaabbiistii dhawr iyo tobanka qof ahayd ee aannu ku wada xidhnayn Saldhigga Booliska ee Boosaaso qaarkood ayaa jeelka ka baxay. Sababaha keenay in la sii daayo way kala duwanaayeen. Wiil dhallinyaro ah, oo ahaa kii maxaabiista ugu da'da yaraa, isaga markiiba waa la sii daayey, sababta oo ah wuu ku xanuusaday jeelka. Markaas waalidkii oo Laascaanood ka yimid ayaa sitimaankii[61] labaadba lagu wareejiyey. Ninkii lagu soo qabtay dagaalkii kontoroolka Boosaaso ee ahaa Cali Saleebaan isagana waa la sii daayey isla wiiggii koowaadba. Dabcan ehelkiisa iyo odayadiisa ayaa ka shaqeeyey sii dayntiisa. Ninkii odayga ahaa ee Warsangeli ee booyadda lahaa, laguna magacaabayey Bigays, isagana waa la sii daayey isaga oo aan dhammaysan laba toddobaad. Waxaa iyagana la sii daayey labadii nin ee noogu keniga[62] iyo kelyaha adkaa oo kala ahaa Cabdulcasiis oo Leelkase ahaa iyo Cabdulqaadir oo Marreexaan ahaa. Labadan nin waxay ahaayeen qaar aan kelyo nuglayn oo aan u jixinjixin[63] hanjabaadda askarta jeelka. Nimanka keliya ee aan habrasho muujin ayey ahaayeen. Sidoo kale waxaa

---

[61] Sitimaan = wiig, todobaad. Ereyga asalkiisu ma aha Afsoomaali

[62] Keni adag = hal adag, mawqif adag, go'aan adag,

[63] Jixinjix = Qalbi jileec, u debcid

jeelka laga sii daayey ninkii ka soo jeeday firkii Cigaal Shiidaad oo lagu magacaabi jiray Xasan Salaad Cali Cigaal Shiidaad. Sababta ninkan loo sii daayey waxay ahayd xanuun darteed. Wuxuu u bukay cudurka qaaxada, waxaana la sheegay in uu waa dambe ugu dhintay xanuunkii, isbitaalka magaalada Burco.

SOO KORODHKII MAXAABIISTA

Markii aan dhawr iyo toban cisho ku jirnay jeelka waxaa nagu soo biiray laba maxbuus. Goor galab ah ayaa albaabka nalooga soo geliyey, iyagoo la garaacayo. Laad ayaa lala dhacayey, waana lagu qaylinayey. Markay soo galeen ayaa albaabkii nalagu xidhay. Labadii nin midba gidaar ayuu isku kuusay. Haddana albaabkii ayaa la furay, markaas ayaa loo soo tuuray xafash yar oo ay siteen. Mid ahaani wuxuu ahaa nin da weyn ilaa 40 jir oo labada fool ee sare ka maqan yihiin. Nin gaaban oo hilboon oo midabkiisu cad yahay ayuu ahaa. Kan kale wuxuu ahaa nin dhallinyaro ah, ilaa 25 jir oo dheer oo madow. Nimanku dhiig Soomaali ama dheeh Soomaali ma lahayn. Waxaanay taasi noo sii caddaatay markii ay hadleen. Labada ninba waxay ahaayeen Oromo. Waxay ka mid ahaayeen dadkii Soomaali-abboo ee ku soo qaxay Soomaaliya wakhtigii dagaalkii 1977 iyo wixii ka dambeeyey. Iyagoo ka shaqaysta magaalada Boosaaso ayey burburtay dawladdii Soomaaliya. Markaa, iyagoo sidii u jooga ayey magaalada soo degeen ururka al-Itixaad. Ururka baahiddiisi waxay abuurtay shaqooyin fara badan. Markaa nimankan Oromoda ahi, waxay ahaayeen dadkii uga shaqayn jiray al-Itixaad xagga cunta karinta. Dad muslin ahna way ahaayeen oo durbadiiba way qaateen afkaartoodii iyo dhaqankoodii islaamnimada ku salaysnaa. Markii ay dagaalladu ka qarxeen

Boosaaso ee aakhirkii laga badiyey ciidamadii al-Itixaad, waxay nimankan Oromo raaceen ciidamadii ay dhex joogeen. Ciidamadii al-Itixaad waxay Gabbood ka dhigteen buurta caanka ah ee ku taal gobolka Sanaag-bari laguna magacaabo "Buurta Saliid ". Waxaa halkaas kaga daba tegey, kuwii uu hoggaaminayey Cabdillaahi Yuusuf Axmed. Markaa waxaa ciidamadii al-Itixaad lagu go'doomiyey buurtaas oo dhinac walba laga fadhiistay. Markii muddo lagu hareeraysnaa ayey qaar badan oo ka mid ahaa, xamili waayeen oo ku fekereen in ay naftooda la baxsadaan. Waxaa ka mid ahaa dadkii iskaga baxay Buurta Saliid ee cagohooda miciinsaday labadan nin ee Oromada ah oo lakala odhan jiray Cabdinaasir oo ninka yar ahaa iyo Maxamed oo ka weyn ahaa. Waxay u baqooleen dhinaca galbeed iyagoo ku fekerayey in ay dhulkoodii ku itaalaan.

Nasiib xumo iyaga oo aan in badan socon ayaa reero Warsangeli ah oo meesha deggenaa qabteen. Dabadeed waxay gacanta u soo geliyeen Cabdillaahi Yuusuf oo hoggaaminayey ciidamada ku wareegsanaa Buurta Saliid ee ay al-Itixaad galeen. Markii la waraystay waxaa loo soo gudbiyey Boosaaso, ka dibna qolkii yaraa ee aannu ku xidhnayn ayaa lagu soo xidhay. Runtii waannu ka naxnay sidii nimankaas loo tumayey markii naloo keenay. Annaga oo nalagu qabtay dagaal run ah mar keliya gacan nalooma qaadin.

Nimankii Oromo sidii ayey nagaga mid noqdeen. Labaduba Afsoomaaliga way yaqaanneen, laakiin labadooda ka yar ayaa aad u sii yaqaannay. Dabcan afka Oromadana way yaqaanneen oo waa afkoodii.

Waxaa kale oo nagu jiray nin Soomaali ah oo hooyadii Oromo tahay oo Afsoomaaligu ku adag yahay, af Oromaduna u fududaa. Wuxuu ahaa nin Ciise ah oo ka soo jeeda degmada Shinniile ee Soomaaligalbeed. Waxaan ninkaas ka bartay qabiilka uu Ciise ka yahay oo aanan weli illoobin balse igu adkaa maalintii. Wuxuu ahaa Furulabe.

Labada nin ee Oromada ah waxaannu ka waraysannay xaalka ciidamadii al-Itixaad. Waxay noo sheegeen warar aan farxad lahayn oo ahaa in nimankii ku go'doonsan yihiin buur lagu magacaabo Saliid. Waxay kaloo noo sheegeen in qofkii doona in uu iskaga baxo aan cidina joojinayn, iyaguna ay tegiddooda u sheegeen taliskii Itixaadka oo caadi loo arkayey. Waxay kaloo noo sheegeen in markii la qabtay loo geeyey Cabdillaahi Yuusuf.

Cabdillaahi waxay ku tilmaameen nin kaftan badan oo furfuran. Nin dibnihiisu ay cas cas yihiin, timihiisuna jilicsan yihiin, marka uu doono in uu kacana u baahan in la taageero oo aan iskii si fudud isugu taagi karin. Cabdillaahi wuxuu si gaar ah uga waraystay rag culculus oo al-Itixaad ahaa oo buurta galay: in ay dhinteen iyo in kale. Wuxuu si aad ah noo waydiiyey ayey yidhaahdeen nin la odhan jiray Sheekh Cabdicasiis Faarax oo Leelkase ahaa. Waxay u sheegeen in uu Cabdicasiis ku dhintay dagaalka oo madfac ku dhacay.

Labadan nin ee Oromo aad ayey uga murugaysnaayeen in ay naftooda kala bexeen meel boqollaal nafood oo rafiiqood ahayd ay wax la qabeen. Laakiin qoladayadii jeelka uga soo horraysay ma aannu aaminin. Waxaannu ka shakisanayn in ay ahaayeen basaasiin annaga naloo soo diray.

Waxaa kale oo nagu soo biiray nin lagu magacaabayey Anwar oo ahaa Soomaalida uu asalkoodii hore carabta ahaa ee reer Boosaaso. Anwar wuxuu ka tirsanaa sida la ii sheegay al-Itixaadka oo lagu ogaa, balse markii dagaalku dhacay Yemen ayuu joogay oo ganacsade ayuu ahaa. Isaga oo safar ku soo ah Boosaaso ayaa al-Itixaadkii magaalada laga saaray. Markii uu soo gaadhayna waa la qabtay. Xoolo badan oo ganacsi ayuu watay, sidii uu noo sheegay. Aad ayuu u cabsanayey. Habeenkii koowaad ama habeenkii labaad mid ahaan ayaa saqdii dhexe nalaga kexeeyey. Meel la geeyey ma ogin haba yaraatee. Aad ayaannu ugu werwersanayn, welina waan ka werwersanay wixii uu ku dambeeyey Anwar.

Markii aannu ku sii jirnay jeelka muddo kale waxaa haddana la keenay maxaabiis lagu soo qabtay dagaalka oo laba iyo toban nin ahaa. Waxay ka mid ahaayeen guuto al-Itixaad ka tirsanayd oo ka soo guurtay dhinaca Bacaad-weyn ee gobolka Mudug. Waxay soo galeen buuraleyda gobolka Sanaag-bari. Way kala biiqbiiqeen markii dagaallo ay la galeen jabhad beeleed uu hoggaaminayey nin Ducaale la odhan jiray oo garab siinayey Cabdillaahi Yuusuf. Markaa kooxdan ayaa ku jiiftaamay agagaarka magaalada Laasqoray oo harraad iyo kulayl daran ayey kula kulmeen. Dabadeed waxaa qabqabtay ciidamo ka tirsan beesha Warsangeli. Dabadeedna waxay u soo gacan geliyeen Cabdillaahi Yuusuf iyo ururkiisa SSDF. Kooxdani waxay wada ahaayeen beelaha Harti hal nin mooyaane. Weliba waxay u sii badnaayeen Dhulbahante. Rag aad u da'yarna way ahaayeen. Ninka gaarka ahina wuxuu ahaa Habar Yoonis.

BOOQASHADII WALAALAHAY

Raggii meesha ku jiray dhawr ka mid ah ayey qaraabo ugu timid jeelka. Laakiin intooda badan cidi sooma ay salaamin. Sababtu waxay ahayd ragga oo aan uba dhalan deegaanka Bariga Soomaaliya. Aniguse waxaan ahaa kii ugu nasiibka badnaa. Waxaa jeelka iigu yimid laba dumar ah oo aannu walaalo nahay. Waxay iska soo raaceen Hargeysa, laakiin mid ayaa ka soo gurmatay dalka Jabbuuti.

Markii ugu horraysay ee ay soo galeen magaalada, ayey yimaaddeen jeelkii nalagu hayey, waa Isteeshin[64] Booliska Boosaaso. Dabadeed waxay isa soo taageen daaqaddii keli ahayd ee qolkayagu lahaa. Markaas ayaan u soo kacay si aannu daaqadda isaga salaanno. Waannu isa salaannay. Dabadeed way iska tageen, maxaa yeelay aniga inaan debedda u baxo la iima oggolayn. Waxay raadsadeen meel ay seexdaan. Magaalada waxay ka raadsadeen cid gacal ah oo ay u galagalaystaan arintayda. Waxay heleen gabadhii Ina Calool-geelle ee hore noo soo booqatay. Maalintii labaad ayey jeelkii ku soo noqdeen. Waxa loo oggolaaday in ay debedda igula kulmaan. Waa la ii soo saaray. Markii aan soo baxay ayaannu isku dhegdhegnay walaalahay. Waxaan ugu yeedhay "Walaal" Laakiin tii labada waynayd oo ahayd Faadumo, ayaa iigu jawaabtay "Hooyo". Waxaan

---

[64] Isteeshin = saldhigga booliska. Ereyga asalkiisu ma aha afSoomaali.

fahmay in ay sir wataan. Markaas ayaan ku celceliyey "hooyo, hooyo". Walaashaydaas weyni, waxay u dhaxday Habar Jeclo. Markaa waxay maqashay ninka xukuma Saldhiga Booliska aannu ku xidhannahay in uu ka qabo Habar Jeclo, hooyadiina ahayd isla Habar Jeclo. Isagu wuxuu ahaa Warsangeli. Markaa waxay rabtay in ay ku galagalaysato in aan wiilkeedii oo Habar Jeclo ah ahay. Waxay dadku aad u aaminsan yihiin, wax isu ahaanshaha. Sidoo kale waxaa magaalada Boosaaso joogay maalmahaas wefti Habar Jeclo ah oo saraakiil ciidan iyo siyaasiyiinba lahaa oo u socday is xulafaysi dhex mara Hartiga iyo Habar Jeclo maaddaama ay colaado ka jireen Isaaqa dhexdiisa, sidoo kalena ay iskaashi ganacsi la yeeshaan mar haddii ay dekedda Berbera xidhnayd. Waxaa weftigaas hoggaaminayey kornayl lagu magacaabo "Tuke".

Walaalahay cid walba way u galagalaysteen si jeelka la iiga sii daayo iyagoo ku socda sheekadii ay dhisteen ee ahayd in aan ahay nin Habar Jeclo ah oo islaantu i dhashay. Weftigii uu Tuke watayna way kala hadleen arrintii. Isaguna wuu ballan qaaday inuu madaxda ka codsan doono in la i sii daayo. Si weyn ayaa rajo looga qabay in aan jeelka ka baxayo. Xitaa saaxiibbaday sidaas ayey ku qanacsanaayen. Waayo horeba waxaa jeelka looga sii daayey ilaa shan qof oo ehelkoodii u doodeen.

Iyadoo ay sidaas rajadu u wanaagsan tahay ayey mashaqo dhacday. Gabadhii Ina Calool-geelle ayaa u tagtay weftigii Habar Jeclo, iyada oo aan ogayn sirta ay walaalahay degeen ee ah in Habar Jeclo la igu sheego. Way u xaal warrantay. Waxay tidhi:

"Inankan yar ee inaadeerkay ah ee meesha ku xidhan ka soo daaya."

- Kornayl Tuke wuxuu waydiiyey: "Muxuu ahaa yarku?"
- Ina Calool-geelle waxay ku jawaabtay: *"Dee waa inan yar oo Ciidagale ah oo aannu ilma adeer nahay."*
- Tuke ayaa ku celiyey: *"Miyaanu yarka la sheegayaa Habar Jeclo ahayn?"*
- Ina Calool-geelle waxay tidhi: *"Xaggee buu Habar Jeclo ka yahay, waaba ina adeerkaye."*
- Markaas ayuu Tuke arrintii ka hadhay, isaga oo yidhi: "*Naw! Oo inanka Ciidagale ma wuxuu iga xigaa ragga kale ee Isaaq ee la xidhan? Naa iga daaya sheekadaas.*"

Halkaas ayey sirtii ku burburtay. Walaalahay iyo Ina Calool-geelle, aakhirkii ayey isu xog warrameen. Anigu lama aan socon halka xaal marayo, hayeeshee waxaa i gashay, rajo ah in aan ka baxayo jeelka.

U WAREEJINTII XABSIGA GAROOWE

Ayaamahaas ay abbaayooyinkay[65] joogeen magaalada Boosaaso, waxaa dhacay laba arrimood oo xoog noo khuseeyey. Mid ahaani waxay ahayd dagaal culus oo dhexmaray ciidamadii uu hoggaaminayey Cabdillaahi Yuusuf iyo kuwii al-Itixaad. Dagaalku wuxuu ka dhacay duleedka Laasqoray, waxaana ku gacan sarreeyey al-Itixaad. Ciidamadii Cabdillaahi Yuusuf dib, ayaa loo soo celiyey. Dhaawac badan ayaa la keenay maalmahaas magaalada Boosaaso.

Sidaan maqlay wuxuu noqday dagaalkii ugu dambeeyey ee dhexmara al-Itixaad iyo SSDF. Ciidamadii qabiilooyinka ee uu ku hoggaaminayey Cabdullaahi Yuusuf magaca SSDF way is wada khilaafeen dagaalkaas dabadii. Markaas ayey qoloba mar ka soo guurtay forintii. Arrinta kale waxay ahayd, in maxaabiistii Isbitaalka Boosaaso lagu daweynayey ee naga midka ahayd halkaa lagala baxay. Sida ay sheekadu ku dhacday Ilaahay baa oge waxaa la leeyahay qaar ka mid ahaa, raggii ka mas'uulka ahaa ayaa lacag la siiyey, dabadeedna iyagaa gacan ka geystay bixintooda. Haddaba sidaan dib ka fahannay labadaas arrimood waxay keeneen werwer ah, in Boosaaso nalagu sii hayn karo iyo in kale.

---

65 Abbaayo = walaasha, huunno

Haddaba isla wakhtiyadaas ayaa habeen, saqdii dhexe albaabka nalagu soo furay. Hurdadii ayaa nalaga toosiyey. Waannu naxnay. Muddadii labada bilood ahayd ee aannu ku jirnay Jeelka Boosaaso, weli habeen albaabkayaga lama furin. Xitaa haddii kaadidu na qabato meesha dhexdeeda ayaannu bac dhigan jirnay.

Haabenkan isaga ahi caadi ma ahayn. Markii aannu toosnay, ayaa nalagu amray in aannu ka soo wada baxno qolka. Waannu ka soo baxnay. Dhinac walba waxaa taagnaa rag hubaysan. Bannaanka Saldhigga Booliska, waxaa taagnaa gaadhi weyn oo kuwa xamuulka qaada ah. Wuxuu u kala xidhan yahay sidii marka adhiga lagu rarayo oo kale. Waxaa nalagu amray in aannu galno raarka xaggiisa hoose, meesha adhiga la geliyo. Waxaa nooga sii horreeyey maxaabiistii kale ee qolka kale ku jirtay. Askartii na waddayna waxay koreen raarka dushiisa, meesha dadku fuulo.

Bisinka ayaannu hoosta ka qabsannay. Ma ogin meesha nalagu wado. Ma waydiin karno nimankan na wada. Waxaannuse filanaynay tii ugu xumayd: in nala soo tooganayo. Qof waliba dhinaciisa ayuu u aamusay. Duco iyo dembidhaaf dalab ayaannu ku go'nay. Baabuurku wuxuu magaalada uga baxay dhinaca Koonfureed oo waddada laamiga ayuu raacay. Dhinacaas waxaa hore loogu laayey niman raggayaga ka mid ahaa; ayaamihii dagaalku magaalada ka socday. Waxaannu maqalnay in aan xitaa si fiican loo aasin.

Markii aannu cabbaar soconnay ayaa gaadhigii la joojiyey. Naxdin ayey naftii naga soo dhawaatay.

Waxaa nalagu amray in aannu ka soo degno gaadhiga. Weli waa habeen. Waannu ka soo degnay gaadhigii. Mise meeshu waa meel sidii ceel weyn oo kale ah. Naxdintii ayaa nagu sii badatay. Waxaannu u qaadannay in ay tahay meeshii nalagu layn lahaa. Waddada dhinaceeda waxaa ahaa godan weyn oo aad mooddo in cagafcagaf lagu qoday. Taasina argagixii ayey nagu sii badisay.

Hase yeeshee waxay noo soo dejiyeen in aannu kaad-kaadino. Al-xamdulillah! Markii aannu kaadidii dhamaysannay ayaa nala amray in aannu fuulno baabuurka. Waddadii laamiga ahayd ayaannu sii raacnay. Waagii ayaa dhexda noogu beryey. Tuulooyin badan ayaannu dhaafnay, xitaa Qardho ayaannu sii dhexmarnay. Abbaaro 11 kii barqonimo ayaannu soo galnay magaalada Garoowe. Waxaa nala geeyey jeel weyn oo ka dhisan magaalada dhexdeeda. Waxa ku wareegsan deyr dheer oo aqalladaba ka dheer. Waxaa ku dhex yaalla hool[66] weyn oo ilaa 100 qof qaadaya, qol yar oo dhawr qof qaadi kara, meelo ay waardiyuhu seexdaan iyo istoodh[67] alaabta maxaabiista lagu xareeyo. Waxaa kaloo jira musqul fiican oo xiitaa lagu maydhan karo. Waxay meeshu leedahay barxad weyn oo dhisamayaasha u dhexeysa oo laysta fadhiisan karo ama la dhex socsocon karo. Markii nalagu soo xareeyey

---

[66] Hool = waa qol weyn oo aad u weyn. Ereygu asal ahaan waa af ingiriisi.

[67] Istoodh = waa qol lagu xareeyo alaabta aan markaas la isticmaalay. Bakhaar. Ereygu waa af ingiriisi.

meeshii ayaannu garannay in jeelkan naloo soo bedelay. Markiiba waxbaa nalaga qorqoray. Kabihii iyo wixii alaabo qof waliba sitayna waxaa nalagaga xareeyey istoodhkii.

Jeelka waxaa nagula wareegay oday qaylo badan oo qaxar badan oo Ina Gaas loogu yeedhayey. Odaygani muu ahayn sarkaal sare balse wuxuu ahaa ninka waardiyayaasha jeelka ka mas'uulka ah. Ninka jeelka dhan dusha ka xukumayey waxaa lagu magacaabayey Cabdi Bulshaale oo wuxuu aha nin akhyaar ah oo kornayl darajada ciidanka ka gaadhay. Laakiin odaygan dablaha ahaa, wuxuu ahaa mid u dhashay qaxar iyo qawrax. Annagii oo aan fadhiisan ayaabu guhaad iyo dagaal cagaha dhulka nooga qaaday. Bal cibaarada Ilaahay anigii ayuu si gaar ah ii fiirsaday. Inta uu igu qayliyey ayuu ii dhiibay xaaqin dheer, oo igu amray in aan barxadda weyn xaaqo. Weligay hore dhul umaan xaadhin. Markaa waxba waan farsamayn kari waayey. Markaa nin ka mid ahaa maxaabiistii kale ayaa iga naxay oo iga qabtay mafiiqdii. Sida runta ah odaygaa aad ayaan ugu cadhooday. Malaa haddii maalintii aan ka gacan sarrayn laa, waan ka aar goosan lahaa. Maantase waxba uma aan dirteen. Odayga waxaa waardiyaha ku weheliyey rag ilaa toban gaadhayey. Raggu badi way fiicnaayeen, wax ceebaal ahna kama aannu arag. Laakiin odaygaas iyo ninkii ugu da'da yaraa oo la odhan jiray Cabdirisaaq Januune, dhib ayaannu ka mudannay. Ina Januune sida aan gadaal ka sheegi doono dhaqan kale ayuu la soo bixi doonaa.

Markii nalagu xareeyey qolkii waxaannu dareennay raysasho weyn. Jirtoo ay tiradayadu badatay oo aannu noqonnay 24 nin - 12 nin oo aannu isku qol ku jirnay Boosaaso iyo 12 nin oo qol kale ku jiri jiray - haddana hoolka nala geeyey wuu naga weynaa. Waa markii koowaad ee aannu muddo laba bilood ah, la kala durugnay dhididkayaga. Laakiin wax gogol ah oo sibidhka naga xigay ma oollin. Waxbana nalooguma talo gelin. Jeelkii Boosaaso gogol ayaa noo taallay, in kasta oo taas qudheeda aanu maamulka na haystaa noo dhigin nooguna talo gelin. Waxaa noo keenay qaar ka mid ahaa shicibkii reer Boosaaso oo noo naxayey. Markaa waannu la qabsannay Boosaaso, sidaas darteed gogoshii Jeelka Garoowe ee aanay sibidhka waxba naga xigin qawadaad ayey nagu ridday.

Maalintii koowaad, markii ay xilli qadadii gaadhay ayaannu aad u gaajoonnay, sababta oo ah subaxdii ma aannu quraacan oo habeennimadii ayaa nalaga soo gudiyey Boosaaso. Waxaa naloo keenay cunto na qalbi jebisay. Saxanka weyn ee maryaha lagu maydho ayaa cunto nalooga soo buuxiyey. Cuntadu waxay ahayd bariis boosh-cadde ah ama bariis shiine kolba sida loo yaqaan. Biyihii lagu kariyey mooyaane wax kale laguma darin. Xitaa milix laguma darin. Sida runta ah waannu ka xumaannay laakiin doorasho ma aannu lahayn.

Jeelkii Boosaaso ayaa noo dhaamay xagga cuntada. Runtii cunto aannaan ka caban karin ayaannu ku qabnay Boosaaso. Dhawrkii cishoba mar ayaa hilib nalagu sooryeyn jiray. Maalmaha kalena cunto aannu ka cabanno nalama siin jirin. Laakiin tan Garoowe waxay ahayd mid aan looba fadhiyin. Waxaase Ilaahay mahaddii ah kuma aannu raagin cunto xumadii iyo gogol xumadii toona. Maalintii labaadba waxaa noo gurmaday dadkii reer Garoowe ee naga naxayey.

Waxaa naloo keenay gogol guraangur ah oo na deeqday. Waxaa kaloo naloo bilaabay in galab walba naloo keeno dhawr caagadood oo caano geel ah. Caanahaas waxna habeenkii ayaannu dhami jirnay waxna waxaannu u dhigan jirnay qadada maalinta danbe oo ahayd marka keliya ee cunto nala siin jiray. Waxaa naloo keenay subag. Waxaa kaloo naloo keenay muqumad[68]. Ilaahay ayaa nooga hiiliyey nimankaas. Haddii aannu ku joogi lahayn bariiskaa cad ee halka mar ah nafaqodarro ayaannu u dhiman lahayn. Laakiin aad ayaannu markiiba ugu naaxnay jeelkii Garoowe.

Markii aannu Garoowe nimidba waxaannu dareennay waxyaalo ay ku kala duwan yihiin labada jeel. Xagga qolalka waxaa boqolkiiba boqol waasacsanaa Jeelka Garoowe. Xagga cuntada waxaa boqolkiiba boqol wanaagsanaa Boosaaso oo si gobannimo muujin ah noo soorayey. Xagga musqulaha waxaa boqolkiiba boqol wanaagsanaa Garoowe. Welibana waa naloo oggolaa mar kasta oo aannu u baahanno. Maydhashana waa ay jirtay. Xagga dadka na haysta waxaa bina aadansanaa kuwii Boosaaso, waxay u muuqdeen niman dad aqoon ah, kuwa Garoowe-se waxay noola dhaqmayeen sidii

---

[68] Muqumad = oodkac, collob

waxaan sharaf iyo arxan toona lahayn. Xagga xidhiidhka shicibka deegaanka waxaa boqolkiiba boqol noo wacnaa reer Garoowe, maxaa yeelay dad badan ayaa noogu iman jiray jeelka oo cunto iyo adeeg kaleba noogu keeni jiray. Tan dambe waxaa lagu macnayn karaa, jeelka Garoowe oo waasac ahaa iyo isaga oo ku yaallay meel aan xaafado dhexdood ahayn. Wakhtiga salaaddu soo gasho waxaa naloo ballaqi[69] jiray albaabada si aannu u waysa qaadanno ama musqusha ugu xaajo gudanno, salaadda subax mooyaane. Jeelka Garoowe waxaa naloogu keenay kutub kala duwan oo ay noo soo ururiyeen dad wadaado ah oo reer Garoowe ah.

[69] Ballaqid = furid, kala furid

DHACDOOYIN XASUUS MUDAN

Qolka weyn ee Jeelka Garoowe waxaa la isugu keenay maxaabiis markii Boosaaso la joogay ku kala xidhnaa laba qol. Labadayadan qolo isma aannu aqoonnin. Isku dagaal iyo isku meel toona nalaguma soo qabqabanin. Markaa isbarasho hor leh iyo is waraysi badan ayaa na dhex maray. Waxay noo sheegeen in ay ka tirsanaan jireen xeradii ka furnayd meesha la yidhaahdo Bacaad-weyn ee gobolka Mudug. Markii ay maqleen dagaallada dhacay iyo sida loogu jabay dagaalkii Garoowe ayey soo guureen. Dagaallo dhawr ah ayaa ku qabsaday meelo kala duwan, dagaalladaas oo sababay in ay kala biiqbiiqaan[70]. Iyagoo ah ciidan waxoogay ah ayey soo galeen buuralayda gobolka Sanaag-bari. Halkaasna waxaa ku qabsaday dagaallo badan oo ay kala horyimaaddeen ciidamo qabaa'il oo xulafo la ahaa Cabdillaahi Yuusuf, waxaana hoggaaminayey Ducaale oo isla dagaalladaas lagu dilay.

Dagaallada waxaa u dheeraa gaajo, harraad iyo kulayl. Markaa inta ay harraadeen ayey socon kari waayeen. Way jiiftaameen[71]. Dabadeed waxaa soo sheegay reero meeshaas degganaa, waana la qabqabtay. Qolyihii qabqabtay oo Warsangeli ahaa, waxay u soo

---

[70] Biiqbiiq = kala tagtegid si aan ku talo gal ahayn

[71] Jiiftaan = Marka harraad iyo kulayl qofka isugu darsamaan ee uu tamar gabo.

gacan geliyeen Cabdillaahi Yuusuf. Taas oo ahayd arrin la yaab leh.

Kooxdan la qabqabtay waxay hal nin mooyaane ka soo jeedeen beelaha Hartiga. Gaar ahaan waxay u badnaayeen Dhulbahante. Waxaa ku jiray laba nin oo ka tirsanaan jiray ciidamadii SSDF. Mid ahaan waxaa la odhan jiray Sugulle oo wuxuu ahaan jiray ninkii hayn jiray fooniyaha Cabdillaahi Yuusuf waagii Itoobbiya, waxaana uu ka soo jeeday beesha Cumar Maxamuud ee Majeerteen. Ninka kalena waxaa waagii hore lagu naanaysi jiray Garmaqaate, waxaana uu ku baasaa shiish badnaan. Wuxuu ahaa dadkan la yidhaahdo xabbaddoodu dhulka uma dhacdo. Isaguna wuxuu ka soo jeeday beesha Cismaan Maxamuud ee Majeerteen.

Labadan nin way iga yaabiyeen. Waxay ahaayeen rag isku kalsoon oo hal adag. Ninka Garmaqaate ah, waxaa marar badan loo soo bandhigay in si loo sii daayo uu ballanqaado in aanu dagaalka ku noqonayn. Ballan qaadkaas wuu diiday. Sidoo kale wuxuu diiday in jeelka lagaba sii daayo haddaan ragga oo dhan la sii wada deynayn. Ninka kale ee Sugulle ah laftiisu, wuxuu ahaa nin la yaab leh. Wuxuu ahaa shakhsi furfuran oo sheekaawi ah. Isaga ayaa noo ahaa afhayeenkayaga oo noola hadli jiray qolyaha jeelka haysta. Waxyaalaha aan aadka ugu xasuusto waxaa ka mid ah, maalin aannu debedda fadhfadhinay oo galab ahayd. Waxaa nala fadhiyey kornaylka meesha dusha ka haysta oo la odhan jiray Cabdi Bulshaale. Wuxuu ahaa nin aad iyo aad u dun wanaagsan. Askarta jeelka haysataana dhinaciisa ayey soo fadhiyeen, maxaabbistayaduna dhinaca kale ayey ka soo jeedeen. Sheekooyin kala duwan ayaa la is waydaarsanayey. Markaa waxaa noo timid gabadh xijaaban oo booqasho ahayd. Kollay wax uun bay rabtay in ay nagala hadasho. Dabadeed waxaa u kacay ninkii Sugulle oo inta badan dadka noo yimaadda la hadli jiray. Waxaa ka daba kacay odaygii qaxarka badnaa ee Cabdi Gaas, si uu hadalkooda u dhegaysto. Sharciga jeelka ayaa sidaas ahaa. Dabadeed Sugulle ayaa ku yidhi:

"Waar naga dul dhaqaaq aannu inanta kaala hadallee!"

Odaygiina wuxuu ku yidhi:

"Waar kaa tegimaynee hadal!"

Markii ay dhawr jeer hadalkii isku celceliyeen ayey is af dhaafeen. Dabadeed Sugulle ayaa inta uu xanaaqay la booday qori horyaallay sarkaalkii Cabdi Bulshaale. Arrintaasi argagax iyo afkalaqaad ayey ku noqotay nimankii askarta ahaa. Xitaa hadalkii way kari waayeen. Dabadeedna isagoo wuxuu doono samayn karayey ayuu qorigii dib ugu dhiibay sarkaalkii Cabdi Bulshaale. Dabadeedna odaygii Cabdi Gaas ee qaxarka badnaa wuxuu nagu qasbay in aannu qolkii ku xaroonno. Runtii wuxuu Sugulle noo qoonsaday laydhii yarayd ee aannu galabtaas haysannay, balse cashar fiican ayuu u dhigay odaygii Cabdi Gaas oo maalintaas ka dib cidna kumuu qaylinnin.

Waxaa jiray dad badan oo reer Garoowe ah oo na xannaanayn jiray. Galab walba waxaa naloo keeni jiray shan caagadood oo caano geel ah. Waxaa noo keeni jiray hablo xijaaban. Waxaanse filayaa in taakulayntaas uu qorshe ka dambeeyey. Way dhacday in ay rag culimo ahi noo yimaaddeen marar, laakiin inta badan dumar ayaa noo imaan jiray.

Qofkii xanuusada waxay u keeni jireen cunto gaar ah iyo dawooyin. Waxaan xasuustaa maalin ay noo soo qaleen hilib oo ay noo soo kariyeen. Weligay cunto sidaas u macaan ma xasuusto in aan cunay. Hilibka waxay u soo kariyeen si cajaa'ib ah, waxaanay ka soo dhigeen waslado yaryar. Xiitaa calooshii oo la yaryareeyey ayey ku soo dareen hilibka. Waxay ahayd maalintii koowaad ee aan noloshayda cuno hilib calooleed. Sidii ay u sameeyeen iyo dhadhankii ay u yeeleenna xasuus ayey igu reebtay. Hablaha sidaas noo caawinayey waxaa ku jiray qaar ka yimaadda guryaha madaxda SSDF. Waxaanan marnaba illoobayn gabadh indha shareer soo qaadan jirtay si aanay u garan askarta jeelku oo uu dhalay kornayl hogaaminayey qayb ka mid ah ciidamada Cabdillaahi Yuusuf. Ninka kornaylka ah waxaa la dhaawacay isagoo wata ciidan la dagaallamaya al-Itixaad, waxaana la odhan jiray Dirir. Dabadeed inantiisa ayaa guriga ku haysay, ninkeedina wuxuu raacay al-Itixaad.

Ma xasuusataa markii aannu Boosaaso joognay in ay laba dumar ah oo walaalahay ahi halkaas yimaaddeen? Iyaga oo weli jooga oo ka daba laabanaya, sidii la ii sii dayn lahaa ayaa meeshiiba nalaga soo qaaday oo Garoowe nala keenay. Subaxdii dambe ayuun bay ka war heleen in nala wareejiyey. Dabadeed Garoowe ayey nagaga daba yimaaddeen. Waxay Garoowe ka heleen dad qaraabo ah, gaar ahaan dumar la qabo. Waxaa jiray dumar badan oo ka soo jeeda gobolladii waqooyi oo lagu qabay gobollada bariga iyo badhtamaha Soomaaliya. Dumarkaas waxaa soo guursaday askartii joogi jirtay gobollada waqooyi, waayadii ay jirtay dawladdii Soomaaliya. Labada walaalo tii yarayd ayaa muddo sii joogtay si ay u baxnaaniso xaalkayaga, cid iga warhaysana ay iiga samayso Garoowe. Marar badan ayey igu soo booqatay jeelka iyadoo kolba qof dumar ahi weheliso. Waxay mar dambe ii sheegtay in ay nimankii askarta ahaa kala kulantay dhibo kala duwan. Markii ay sii ambabaxaysay waxay igu sii ballamisay gabadh gobolka Togdheer ka soo jeedday oo Garoowe lagu qabo.

Dhawr jeer ayey gabadhii ii timid oo ay kolba wax ii keentay. Maalin maalmaha ka mid ahayd, ayey ii timid iyada oo i doonaysa. Waa la ii soo saaray. Iyadu sooma ay gelin deyrka jeelka gudihiisa ee aniga ayaa debedda ugu baxay. Waxay xidhnayd jalaabiibta loo yaqaan dallaayadda oo qaybta sare uun ah. Markii uu arkay ninkii hadalkayaga waardiyeynayey, ayuu ku qayliyey inantii isaga oo diidan xijaabka ay xidhan tahay. Wuu u hanjabay ilaa aan ka baqay in uu fara saaro. Qoriga ayuu u soo rogtay waxaana uu ku amray in ay ka hor dhaqaaqdo. Si xun ayuu inantaas u galay. Aflagaaddo badan ayuu u geystay. Meeshii ayey iyada oo argagaxsan ka carartay. Xitaa ma ay haleelin in ay ii sheegto wiixii ay iigu timid. Ninkaas waxaan ugu cadhooday si aan qiyaas lahayn. Uma anaan cadhoon daraadday ee waxaan ka cadhooday sida uu inanta u galay. Haddaan maalintaas ka gacan sarrayn lahaa waan edbin lahaa, ninkaas jaahilka ah. Wuxuu ahaa bahal jirri ah.

Maalintii labaad ayey inantii soo noqotay. Waa la iigu yeedhay. Maalintan waxay iska soo dhigtay jalaabiibtii. Waxay ku soo labbisatay diric khafiif ah iyo shalmad yar, sharabaaddana sooma ay gashan. Waxay ii soo gudbisay wixii ay iigu timid iyada oo aan cidina juuq u odhan. Wixii keli ahaa ee shalay lagu haystay waxay ahayd lebbiskii ay xidhnayd oo ay diin ahaan uga dhawaanaysay. Alla murugo weynaa!

Jeelka waxaa nagu soo booqday, nin caddaan ah oo la odhan jiray Mr Jack oo Swizerland ah kana socday Laanqayrta Cas. Waxaa la socday dhawr nin oo Soomaali ah. Wuxuu rabay inuu ogaado xaalkayaga iyo sida naloola dhaqmo. Maxaabiista intooda badani way ku hadli karayeen af ingiriisiga. Wax laga cawdo oo xagga dhaqanka ahna ma ay jirin marka laga reebo cunto xumada. Waxba nagama uu qorqorin. In kasta oo uu nin furfuran ahaa haddana annagu uma aannu arkayn nasteexayaga.

Intii aannu Jeelka Garoowe ku jirnay, waxaa nalala soo xidhay maxaabiis kala duwan. Waxaa ka mid ahaa niman dhalliyaro ah oo lagu soo qabtay dhuljiifayn[72] iyo tuugo. Waxay ahaayeen saddex. Markii ay maalin nala joogeenba, waxay bilaabeen salaaddii. Markii ay dhawr casho joogeenna waxay kula kaftameen askartii

---

[72] Dhuljiif = waxaa loola jeeda dad jidka u gala safarada si ay u dhacaan.

in ay ku biirayaan ikhwaanka. Waxaan xasuustaa maalin uu odaygii qaxarka badnaa ee Cabdi Gaas na amray in aannu u kala baxno wixii ikhwaan ah iyo maxaabiis caadi ah, dabadeedna safkii ikhwaanka la wada galay. Waxay ahayd arrin qosol iyo kaftan leh. Nimankaas markiiba waa la sii daayey.

Waxaa kale oo jiray nin kelidii ah oo nalala soo xidhay. Wuxuu ahaa nin gaaban oo aad isula qabweyn oo hadal yar. Markii naloo keenayba waxaan waydiiyey magaciisa, wuxuuna igu yidhi: *"Waxaa la i yidhaahdaa Cabdiraxman, laakiin waxaa la ii yaqaan 'Dhagjar'.*

Qaabkii uu isu sheegay waxay i dareensiisay in uu yahay shakhsiyad muhiim ah oo la wada yaqaanno. Faraha gacmihiisa ayey midi go'nayd, waxaana uu noo sheegay in ay ku go'day dagaalkii lala galay wadaaddada ee ka dhacay Garoowe. Wuxuu nooga sheekeeyey sidii wax uga dheceen magaalada Garoowe iyo isagu kaalintii uu dagaalka ka qaatay oo u muuqatay mid weyn. Wuxuu kale oo ka sheekeeyey kaalintii ay xerta Timoweyntu ka qadatay kicinta dadka iyo dhiirrigelinta in la laayo maxaabiista al-Itixaad.

Nimankaas wuu ka mantagayey dhaqan xumadooda. Sababta lagu soo xidhay, wuxuu noogu sheegay, in uu Cabdillaahi Yuusuf soo ashkateeyey isaga Dhagjar ah, kuna ashkateeyey odayaashiisa beesha Ciise Maxamuud. Markaas ayey odayaashu ka dalbadeen Dhagjar in uu jeelka is geeyo, si loo qanciyo Cabdillaahi Yuusuf, ka bacdina odayaasha ayaa u ballan qaaday in ay laba habeen ka dib ugu iman doonaan jeelka oo ay ka soo dayn doonaan.

Markaannu waydiinnay waxa uu Cabdillaahi Yuusuf u rabo in laga qabto Dhagjar, wuxuu yidhi: *"Gaadhi qori ku rakiban yahay oo la odhan jiray "**SCOTT**" oo ay al-Itixaad lahaan jireen balse ay ka qabsadeen ciidan beeleed Ciise Maxamuud ahi ayuu Cabdillaahi ku darsaday baabuurta ciidankiisa. Markaa aniguna waxaan qori badh-dalool*[73] *ah la hor fadhiistay guriga uu Boosaaso ka deggenaa Cabdillaahi Yuusuf, waxaanan ku hanjabay in aan dilayo Cabdillaahi, haddii aanu naga soo hagaagin. Arrinkaasi cabsi ayuu ku dhaliyey Cabdillaahi ilaa uu u soo cawday odayaashayda oo yidhi: "Waar ninkaa ha layga qabto waa i dilayaaye."*

Waa cajiib. Sidii uu Dhagjar nooga sheekaynayey dhacdooyin kala duwan isaguna noo waraysanayey ayey saaxiibadaydii jeelka qaar dhibsadeen qaacii sigaarka uu cabbayo. Markii ay ka codsadeen in uu sigaarka naga daayona, wuxuu go'aansaday in uu nooga baxo hoolka oo uu u wareego qol yar oo loogu talo galay maxaabiista gaarka ah.

Waan ka xumahay in aannaan isa sii baran Dhagjar, waxaase ii soo baxday in uu yahay "shakhsiyad gaar ah". Markii uu laba habeen jeelkii ku jiray ee odayaalna u iman waayeen, ayuu yidhi waan iska tegayaa. Askartii jeelka ayaa damacday in ay celiso. Wuu iska dhaqaaqay, markaas ayey ka daba dhaqaaqeen si ay u qabtaan. Markaas ayuu gacanta ku waabiyey mise dib ayaabay u

---

[73] Badh-dalool = waa qori silsilad leh oo cago dhulka loo dhigo leh, xabbado badan qaada. Waa qori kuwa dagaallamaa ay aad u jecelyihiin. RBD

kala yaaceen. Askartu qoryo ayey wada siteen, isaguna waxba ma sidan. Waxaa askarta ka mid ahaa odaygii Cabdi Gaas. Nin qabta waa la waayey. Markaas sidaas ayuu aayaar uga baxay albaabka debedda ee jeelka. La yaab bay ahayd.

Maalin dambe ayuu nagu soo maray ceel ku hor yaalla jeelka oo aannu biyo ka dhaaminaynay. Markaas ayuu si fiican noo salaamay oo uu ku yidhi askartii na waardiyeynaysay: *"Waar yaadha, waa in aad innammada xannaanaysaan."*

Mar dambe waxaa la ii sheegay in uu kaxaystay gaadhi weyn oo qoriga "Zuugu" ku rakiban yahay oo uu yidhi waan soo iibinayaa. Dabadeedna si aan gaadhiga iyo qorigu beesha uga fara bixin la siiyey Dhagjar, lacag badan oo muslaxaad ah. Haddaba muxuu ahaa ninkani? Waxaa la ii sheegay in uu ahaa "**jirri weyn**", weliba nooca aan gacantoodu soo laabanin ee laga cabsado. Waayadii ammaanku faraha ka baxay ee ay abuurmeen Daydayga, Jirrida iyo Mooryaantu, waxaa koox kasta iyo magaalo kasta ka soo baxay ashkhaas argagixiso ah oo inta kale ka buruud weyn. Kuwaasi badanaa waa kuwooda ugu geesisan ee ugu dagaalyahansan isla markaana aanay jirin wax ka xaaraansani. Dhagjar kuwaas ayuu ka mid ahaa. Waxaa gacantiisa ku baxay wakhtigaas sida la ii sheegay dad ka badan 10 qof.

Qolada saddexaad ee jeelka nalagula soo xidhay waxay ahaayeen laba nin oo jaadleyaal ahaa oo dilay nin kale oo jaadle ah. Labada nin waxay ahaayeen Dhulbahante, Jaamac Siyaad, ninka ay dileenna wuxuu ahaa Habar Yoonis balse aad looga yaqaannay magaalada

Garoowe. Labada nin waxaa lagu soo xidhay qolka maxaabiista gaarka ah lagu xidho. Silsilad dhulka ku mudan ayaa addimmada lagaga jebiyey balse albaabka looma xidhin maadama ay kulayl ahayd hawadu. Waxaannu arki jirnay wakhtiyada barxadda naloo soo daayo. Cunto fiican iyo qaad ayaa meesha loogu keeni jiray oo niman ay ka qasantahay ma ay ahayn. Dad ayaa ugu iman jiray meesha. Maalin maalmaha ka mid ah, ayey u yimaaddeen laba naagood oo aad isu soo qurxiyey. Annagu waxaannu joognay barxadda jeelka oo aannu ku wayso qaadanaynay. Iyagana albaabka ayaa u furnaa. Labadii naagood midba nin ayey hoosta ka gashay, waxaanay bilaabeen in ay faraha isla galaan. Dabadeed oday ka mid ahaa waardiyeyaasha ayaa ku qayliyey oo yidhi: *"Wax xun Alle idin badye, naga xirta albaabka!"* Waxay ahayd xishood darradii ugu weynayd ee iigu horraysay. Labadii nin markay dhawr cisho xidhnaayeen, ayaa la sii daayey, wax arrinkii lagu dhammeeyeyna lama socdo.

DAREEN IYO DABEECADO

Dhawr iyo labaatan nin oo jeel la isugu keenay, oo aan mar qudha kala tageyn, waxaa dhex maraya arrimo fara badan. Kala duwanaansho afkaareed iyo mid dabeecadeed, labaduba way jirayaan. Haddaba raggayagan jeelku kulmiyey badiyaa waannu ka midaysnayn xagga afkaarta. Marmar waxaa dhici jirtay in aannu kala afkaar duwanaanno nimanka Oromada ah midkood. Labada nin ee Oromada ahaa, kii yaraa wuxuu ahaa nin madax taag ku jiro, oo aan qarsannin dareenkiisa qawmiyadeed. Halka ninka wayni ahaa mid aan haba yaraatee shidnayn oo wax walba qosol iyo hadal qabow ku dhaafa. Taasi waxay keentay in wiilka Naasir ah geeska la geliyo oo si si loo takooro.

Waxaa abuurmay shaki laga qabo xabbisnaanta labadan nin ee Oromada ah oo waxaaba la is tusay in ay basaasiin nalagu soo dhex darsaday noqon karaan. Shakigaas waxaa xoojinayey duruufihii la xidhiidhay qabashadooda iyo arrimo dhacay intii aannu jeelka ku jirnay. Waxaa dhacday in dhawr jeer, goor habeen ah laga kaxaystay jeelka. Ma hubo inta goor ee ay ahayd waxaanse hubaa tiraba laba jeer. Markii koowaad ee la kaxaystay waxaa nagu abuurmay argagax iyo cabsi aan xad lahayn. Waxaa aannu si walba uga fekernay sababta loola baxay labadan nin ee ajanabiga ah; kelidood. Mar waxaannu u malaynay in la soo laynayo, ragga kalena ay mid mid ugu xigi doonaan. Marna waxaannu u malaynay maaddaama nimankani ay shisheeye yihiin oo aan cidina u ooyeyn in iyaga laga takhalusayo. Marna waxaannu u malaynay in laga waraysanayo warbixin annaga nagu saabsan. Mar walba ta ugu xun ayuun baa na hor imanaysay. Laakiin nasiib wanaag nimankii waa la soo celiyey. Markii aannu waydiinnay meeshii la geeyey iyo wixii lagu sameeyey, waxay noo sheegeen in loo geeyey saraakiil xabashi ah oo su'aalo waydiinaysay. Mar kalena sidii oo kale ayaa dhacday. Markaa arrimahaasi waxay nagu dhaliyeen in aannu si gaar ah isaga ilaalinno nimankan. Gaar ahaan yarka Cabdinaasir. Kollay arintaasi xanuun badan ayey ku haysay Naasir, annaguse ma aannu dareemayn umana aannu baahnayn isaga. Waxaan dhaqankayagaas ku macnayn lahaa maanta takoorid iyo qabyaalad.

Guud ahaan raggu nooc walba way lahaayeen. Waxaa jiray nin cadho badan oo haddii uu xanaaqo ku dhawaanayey in uu is dilo. Waxaa naga mid ahaa rag aamusnaan badan. Waxaa naga mid ahaa qaar aanay qofna isku dhicin oo masaakiin ah. Dabcan rag fudayd iyo qalqaallinimo u dhashayna way nagu jireen. Waxaa naga mid ahaa qaar Quraan akhris uun wakhtiga intiisa badan ku jeeda. Waxaa naga mid ahaa rag sheekaawiyiin ah oo had iyo jeer lagu ururo aktooda. Waxaa jiray nin Cabdilqaadir la odhan jiray oo habeen walba nagu seexin jiray qiso ka mid ah siirada nebiga (scw) iyo asxaabtiisa. Wuxuu noo sheegay in uu ka bartay Sh. Shariif Cabdi-Nuur, waagii uu dhigi jiray Jaamacadda Lafoole oo wiilkani arday ka ahaa.

Kala duwanaanshuhu wuxuu ahaa mid weyn xagga dabeecadaha. Waxaase jirtay arrin aannu dhammaantayo ka midaysnayn. Waxay ahayd baryada Alle iyo ducaysiga. Qof waliba gaarkiisa ayuu ducada ugu dheeraan jiray. Anigu waxaan jeelka ku xafiday ducooyin aan la soo koobi karin oo aan intoodii badnayd hadda illoobay. Salaadaha inta badan waannu qunuudi[74] jirnay. Waxaannu Alle ka tuugi jirnay in uu naga bixiyo gacmaha nimankan aannu u xidhan nahay. Jiif iyo joog iyo fadhiba Alle waannu ku baryi jirnay. Ilaahay run buu sheegay marka uu leeyahay: *"Haddii insaanka dhibi soo gaadho wuxuu nagu baryayaa jiifka iyo jooga iyo isaga oo fadhiya intaba[75]."* Sadaqallahu al-cadiim. Inta badan salaadaha waxaannu tukan jirnay qasri[76].

---

[74] Qunuud = waa ducaysi marka salaadda lagu jiro uu imaamku duceeyo, kuwa ku daba tukanayaana ay "Aamiin" ka daba yidhaahdaan.

[75] Tusaale ahaan fiiri aayadda 12aad ee suuratu Yoonis

[76] Qasri = salaad qasri ah, waa salaad la soo gaabiyey. Marka qofku musaafirka yahay ama dagaal ku jiro ayaa la ogolyahay salaadda qasriga ah

SIRTII CUSLAYD EE SAMATABIXINTA

Sida xaalkayagu ku dambaynayo wuxuu ahaa mid aan la qiyaasi karin. Ma madax furasho ayaa naloo haysanayaa? Ma maxaabiis kale, ayaa nala dhaafsanayaa? Mise waaba nala layn doonaa?

Su'aalahaas iyo qaar kale oo badan ayaannu is waydiin jirnay had iyo jeeraale, laakiin jawaabtu waxay ahayd mid aan la ogayn. Mararka qaarkoodna farajku wuxuu jiraa dhinac aan laga filayn. Haddaba dad ka mid ah kuwii noo naxayey ee reer Garoowe ayaa bilaabay in ay ka fekeraan sidii ay nooga sii dayn lahaayeen, cadowgan aannu gacmaha ugu jirno. Laakiin suuragal ma ay ahayn in ay nagala hadlaan kuwa na haysta madaxdooda, sababta oo ah ma jirin weji ay aqbali karaan oo ay ula tagaan. Waayo? Dee isku qabiil ma aannu ahayn, iyaguna may ahayn kooxdii uu dagaalku dhex maray SSDF. Markaa, habka ugu fudud ee ay meesha nagaga saari karayeen waxay ahayd laba mid uun:

1. In ay ciidan jeelka jabsada soo abaabulaan
2. In ay cid meesha naga saari karta siiyaan lacag laaluush ah.

Labada doorasho waxaa macquul noqotay tan dambe. Waxay xidhiidh la soo sameeyeen raggii jeelka ilaalinayey qaar ka mid ah. Waxay soo abbaareen ninkii jeelka ugu da' yaraa ee annaga noogu arxanka darnaa oo la odhan jiray Ina Januune. Waxay u soo bandhigeen, in uu lacag qaato oo uu ragga jeelka ka sii daayo. Markii ay lacagtii ka gorgortameen, wuu aqbalay. Isla maalmihiiba waxaa laga dareemay dhaqankiisa iyo wejigiisa in ay wax iska beddeleen.

Ninkii shalay nagu adadkaa wuu noo debdebcay maanta. Ninkii aan nala sheekaysan jirin wuxuu bilaabay in uu nala sheekaysto. Wuxuu bilaabay in uu barto ragga atooreyaasha[77] ah ee naga midka ah. Waxaa uu ragga qaar dareensiiyey in uu nala shaqaynayo. Laakiin suuragal may ahayn in war sidaas u xasaasi ah la isu sheego. Si hawsha debedda laga wado aannu ula soconno waxay bilaabeen qoladii debedda joogtay in ay warqado noo soo diraan.

Warqadahaas waxaa lagu soo dhex ridi jiray weelka cuntada naloogu keenayo. Waxaana lagu dedaalayey in cuntadaas gacanta looga dhiibo Ina Januune si aanay waardiyaha kale u baadhin. Mararka qaarkood warqad ayaa debedda looga soo dhiibayey ninkaas askariga ah, markaas ayuu noo keenayey. Qorshihii la degay, wuxuu ahaa in jeelka nalaga saaro iyadoo la kaashanayo waardiye jeel; Cabdirisaaq Januune. Qorshihii lagu heshiiyey waxaa naloogu cadcaddeeyey warqadihii la soo dirayey, waxaana hawlgalka loogu talo galay sidan:

[77] Atoore = waxaa hadda loola jeeda qofka ugu muhiimsan

- Raggayaga jeelka ku jiraa waa in aannu isu qaybinno saddex kooxood, sababta oo ah ragga waardiyaha ahi waxay kala seexdaan saddex qol.
- Ninka askariga ahi, marka uu waardiyaha u leeyahay, wuxuu hubinayaa in aan cid kale soo jeedin, dabadeed albaabka ayuu naga furayaa. Inta aanu albaabka naga furin wuxuu samaynayaa baaq ama afgarasho, sida in uu sanqadha badiyo.
- Marka uu albaabka naga furo, koox waliba waxay ku dhaaaqaysaa dhismaha lagu qaybiyey ee waardiyeyaashu hurdaan.
- Ragga waardiyaha ah, waxaannu ku xidhxidhaynaa maryahayaga.
- Dabadeed waxaannu ku xaraynaynaa hoolka weyn ee aannu ku xidhnayn. Halkaas ayaannu ku qufulaynaa.
- Qoryaha waannu ka qaadaynaa, balse qofna ma dilayno.
- Qoryaha xabbadaha ayaannu ka saaraynaa, dabadeedna meeshooda ayaannu kaga tegaynaa oo qorina ma qaadanayno.
- Dabadeed jeelka ayaannu ka baxaynaa, waxaana na kaxayn doona cid na sugaysa oo noo diyaarsan.

Qorshah noocaas ah, ayaannu ku talo galnay. Habeenkii ugu horreeyey waxba way noo suurageli waayeen. Dabcan xagga askariga ama xagga qolada debedda ayey wax ka hirgeli waayeen. Laakiin annagu diyaar ayaannu ahayn oo weliba hurdo la'aan ayaa nagu dhacday. Habeenkii labaadna arrintii way socon wayday. Dabadeed waxay noqotay in kaartada la beddelo. Waxaa naloo soo diray warqad lagu soo dhex qariyey baasto loo keenay nin xanuusanayey. Warqadda waxaa ku qornayd intii hore mooyaane:

- In nimanka waardiyaha ah la siin doono kiniinka lagu hurdoodo, taasina ay hawsha inoo sahli doonto.

Haddaba bal sidee ayaa nimanka kiniinka loo siin doonaa?

Waxaa jirtay in nimanka waardiyaha ahi ay galabtii shaah casariye ah cabbi jireen. Markaa ninkii askariga ahaa ee Ina Januune, shaahii casariyaha ahaa ayuu ka buuxiyey kiniinka lagu seexdo marna lagu sarkhaamo. Waxaa dhacday laba arrimood oo yaab leh. Waa mide galabtaas waxaa jeelka joogay ninkii jeelka korka ka haystay ee Cabdi Bulshaale. Sidaan horeba u sheegay wuxuu ahaa nin akhyaar ah oo dad aqoon ah.

Waxaannu wada fadhinay barxadda weyn ee jeelka oo had iyo jeer marka Cabdi Bulshaale joogo naloo soo saari jiray. Markii shaahii loo keenay ayuu Kornaylku u shubay nin maxaabiista ka mid ahaa oo la sheekaysanayey. Nasiib wanaag ninkaasi sirta wuu la socday oo wuu ogaa in uu shaahu daroogaysan yahay. Markaa shaahii ayuu gacanta ku dhuftay isagoo ka dhigayey inuu ka daatay.

Midda labaad shaahii galabtaas may wada cabbin raggii waardiyaha ahaa sababtoo ah qaar badan ayaa wakhtigaas ka maqnaa jeelka. Taasi waxay keentay in habeenkaasna waxba noo suura geli waayeen. Raggii shaaha daroogaysan cabbayna ay dareemaan in aanu shaahu nadiif ahayn. Way garteen in uu Ina Januune shaaha wax ku daray balse may tuhmin in uu qorshe culus ku jiro ee waxay u qaateen nin dhibloow ah oo odayaasha ka toocsanaya[78].

Iyadoo sidaas arrinkii u cakiran yahay, oo dhawr habeen waxba ka hirgeli waayeen qorshihii aannu ku bixi lahayn, ayey fikrad cusubi ka dhalatay laba arrimood oo kala duwan. Labadaas arrimood oo kala ahaa:

1. Ninkii askariga ahaa ee Ina Januune, waxaa u dhalatay gabadh yar. Sidaan sheekada ku hayey, wuxuu qabay laba xaas. Markaa farxaddii iyo foorjadii ragga, ayuu u ballan qaaday raggii jeelka oo dhan in uu qayilsiin doono. Waxay ahayd fursad ay ku wada kulmi karaan dhammaan raggii jeelka ilaalinayey.

2. Isla maalintaas waxaa gobolka Gedo ka dhacay dagaal ciidamo Moorgan hogaaminayaa

[78] Toocsi = halkan waxay ugu jirtaa ku ciyaarid. Asalka kelmaddu waa eryasho

ku qabsadeen magaalada Baladxaawo. Waxay ka qabsadeen ciidamadii Janaraal Caydiid oo dhulkaas haystay. Markii warkaas laga sheegay galabtii idaacadda BBC-da, aad ayaa looga farxay magaalada Garoowe. Isagoo arintaas ka faa'iidaysanaya ayuu askarigii Ina Januune rasaas badan cirka u riday. Xabbadaha wuxuu u riday si haddii caawa ay xabbadi jeelka ka dhacdo aan magaaladu u shakiyin ee loogu qaato xabbaddii ilaa galabta iska dhacaysay oo kale.

Waa isla doonasho Ilaah. Labadaas arrimood waxay soo dedejiyeen in aannu ka samatabaxno jeelka. Qaadkii casuumadda ahaa wuxuu u soo raaciyey caano geel oo lagu qayilo. Caanahaas wuxuu ku soo daray ilaa 60 xabbo oo kiniinka lagu hurdoodo ah. Nimankii waxay habeenkii oo dhan ku qayilayeen barxadda weyn ee jeelka oo neecaw[79] macaani ka dhacayso. Waxay kolba jaadka ku kabbanayeen caanahan daroogaysan ee hareeraha ka yaalla.

Annaguna waxaannu isku diraayirinaynay hoolkii waynaa ee aannu ku xidhnayn. Qorshaha hawlgalka hore ayaa naloo siiyey. Waxaannu isu qaybinnay saddex kooxood. Koox waliba waxay u diyaarsanayd in ay weerarto saddexda qol ee waardiyaha mid ka mid ah. Waxaannu ku talo galnay in aannu jiifka ku qabqabanno ragga, dabadeeto ku xidhxidhno

[79] Neecaw = waa hawo yar oo khafiif ah

maryahayaga, ka dibna aannu ku soo xerayno qolka weyn ee aannu ku jirnay. Qoryaha waxaannu kula ballannay in aannaan qaadannin balse aannu xabbadaha ka fogayno. Ina Januune, jirtoo uu khiyaameeyey kuwii shaqada u dirsaday, haddana wuxuu ahaa nin u arkayey in ay jiraan arrimo lama taabtaan ah. Tusaale ahaan ma uu rabin in aannu qaadanno qoryaha iyo rasaasta, in aannu wax dillana iskaba daa hadalkeeda.

Annaga oo sidii heegan ugu jirna ayuu naga furay albaabkii. Saacaddu waxay ahayd qiyaastii abbaaro saddexdii habeennimo. Gacanta ayuu noo haadiyey. Dabadeed si nadaamsan ayaannu uga soo baxnay hoolkii aannu ku xeraysnayn. Dabadeed wuxuu nagu wargeliyey in aannu toos kadinka uga baxno oo aannan dan ka gelin ragga hurhurda. Sababtu waxay ahayd raggii oo aad u daroogoobay oo qof waliba meel ku engegay. Markaa isaga laftiisa, Ina januune, ayaa qoryihii ka qaaday oo rasaastii iyo qoryihii kala fogeeyey. Annagii toos ayaannu kadinkii uga baxnay. Jeelka kadinkiisu wuxuu u jeeday dhinaca Koonfureed. Waxaa hor marta waddada u baxda dhinaca Laascaanood. Magaalada xooggeeduna waxay ka xigtaa dhinaca bari.

Markii aannu kadinka ka baxnay, waxaa naloo tilmaamay in aannu raacno gidaarka xagga bidix, dabadeedna aannu la wareegno deyrka jeelka. Saf dheer ayaannu isku daba soconnay. Anigu waxaan ku jiray dadkii ugu danbeeyey. Waxaa iga dambeeyey dhawr qof oo keliya. Markii aan sidaas uga soo baxay irridka jeelka waxaa dhinac midig ka soo muuqday laba nin oo qoryo sitay oo sheekaysanayey. Labadii nin waxay arkeen raggayagan sii tooraynaya. Markaas ninkii noogu dambeeyey kama uu soo bixin ganjeelka.

Dabadeedna way ku qaylqayliyeen *"waar nimanka qabqabta! Waar waa ikhawaankii xunxumaaye qabqabta!"* iyo hadallo la mid ah. *"Tolla'ay! Tollaay!"*, ayey yidhaahdeen. Taasi waxay keentay in aannu cagaha wax ka dayno[80] intayadii ka baxday. Waannu yaacnay, annagoon ogayn meesha aannu ku yaacayno. Ninkii noogu dambeeyey isagu dib ayuu ugu noqday qolkii hoolka ahaa ee aannu ku xidhnayn. Wuu iska dhex fadhiistay. Annagii waxaa na soo daba orday niman naloo diyaariyey oo jeelka dabadiisa fadhiyey. Kooxba meel ayey ku soo gaadheen. Way isu soo kaayo ururiyeen. Waxaanay aad noogu canaanteen fulaynimada intaa la'eg ee aannu samaynay. Dabadeed way na tiriyeen. Waxaa naga dhinnaaday hal qof. Qofkiina waannu garannay oo wuxuu noqday ninkii dhakhtarka noo ahaa. Wuxuu ahaa ninkii noogu dambeeyey ee jeelka dib ugu laabtay. Jibriil baa la odhan jiray. Wuxuu ahaa Warsangeli.

Dhakhtarku wuxuu ka mid ahaa ragga noogu aamuska iyo is dhawridda badan. Waxaa jirtay mar aannu isku khilaafnay arrin caafimaadka la xidhiidha. Aniga ayaa waxaan ku idhi: *"Waxaan filayaa in ay dabayli i gashay."* Dabadeed wuxuu igu yidhi: *"Dabayshu dadka ma gasho."* Arrintaasi muran ayey naga dhex dhalisay.

---

[80] Cagaha wax ka day = waxay carar, ordid

Sababta oo ah waxaan weligay maqli jiray in ay dabayshu gasho dadka marka qabow jiro - sida in roob da'o ama la maydho oo aanu qofku maryo hagaagsan xidhnayn. Waxaana jirta ereybixin af qalaad ah oo aan hore dhakhaatiirta uga maqlay oo ah "*kolba aariy*o". Laakiin dhakhtarkaasi wuxuu ku adkaystay in ay arrintaasi tahay sheeko Soomaali, jidhka qofka bina aadanka ahina uu leeyahay daldaloollo ay wax ka soo baxaan balse aanay waxba gelin. Cajiib.

Markii aannu yaqiinsannay in aannaan heli karin ninkaas ayey go'aan gaadheen nimankii na ururiyey. Waxay ahaayeen ilaa lix nin oo dhallinyaro ah. Waxay nagu amreen in aannu daba galno. Waxay noo dhaqaajiyeen jihada waqooyi. Waxay ahaayeen niman dhulka aad u kala yaqaan oo aad mooddo in ay garanayeen dhabba[81] kasta. Markii ay qiyaastii 30 daqiiqo na lugaysiinayeen ama in ka badanba, ayaannu ku soo baxnay gaadhi xaajiyad ah oo meel taagan.

Xaajiyadda waxaa waday nin gadhweyn oo ay hore ula soo heshiiyeen. Waxay na fareen in aannu fuulno xaajiyadda, iskana dhigno sidii dad rakaab ah. Waxay nagu yidhaahdeen:

- Waxaa idiinku dambaysa meel Majeerteen joogo isbaaro yar oo aan fogayn. Haddii aad taas dhaaftaan waad badbaaddeen.

Waxaannu damacnay in aannu ogaanno kuwa ay ahaayeen raggani, laakiin way naga diideen in ay isu

[81] Dhabbo = waa waddo yar oo lugta ku samaysantay ama xooluhu sameeyeen.

kaayo sheegaan. Nin qudha oo naga mid ahi ma garanayn nin iyaga ka mid ah.

Nimankii sidii ayey nagaga dhaqaaqeen iyagoo u laabtay dhinacii Garoowe. Annagana waxaa nala dhaqaaqay gaadhigii xaajiyadda ahaa oo noola jeeda dhinaca Laascaanood. Markaannu ag maraynay tuulada Tukoraq ayaa nalagu joojiyey meel istob/isbaaro ah. Waxaa na joojiyey nin raamo leh oo haystay qore silsilad leh oo Badh-dalool ah. Inta uu qorigii nagu soo jeediyey ayuu la hadlay darawalkii. Wuxuu waydiiyey sababta uu wakhtigan u soconayo. Jawaabtii darawalku waxay ahayd mid uu hore uga soo fekeray. *"Haa, gaadhiga ayaa fiidkii nagaga jabay meel halkan ah. Marka hadda ayuu noo hagaagay."* Annagu intaas ay wada hadlayeen Eebbe bari ayaannu carrabka ku haynay. Dabadeed wuxuu nagu amray in aannu iska soconno. Runtii waxay ahayd istobtaasi naxdin aad u wayn oo naga gariirisay. Hase ahaatee waxay noqotay naxdintii noogu dambaysay.

Markii aannu in yar soconnayba waxaannu soo galnay magaalada Laascaanood. Markii waagu soo guduutay ayaannu dhinaca bari ka soo galnay magaalada. Innamadii magaalada u dhashay, waxay farta ku fiiqeen buurta Sayidka oo ay yidhaahdeen fardihii Sayidku buurtaas ayey kori jireen, sidaas ayaanay magaca kula baxday. Gaadhigii wuxuu nala sii dhexmaray magaalada oo weli hurudda. Wuxuu noo gudbiyey xeradii ay degganaayeen ciidamada al-Itixaad oo magaalada Galbeed ka xigtay. Halkaas ayaannu ku tukannay salaaddii subax oo markaa laga baxay.

Runtii waxay ahayd saacad mudan in la xasuusto. Salaaddii saladdaas noo xigtay oo ahayd salaaddii cishaa'i waxaannu ahayn maxaabiis Ilaahay ka baryaayey in uu meeshan faraj nooga bixiyo. Salaaddii subaxna waxaannu ahayn dad xor ah oo aan cidna u xidhnayn. Markii aannu ka baxnay salaaddii ayaa nalagu soo xoomay[82]. Waxaa nalaga waraystay wixii aannu dhib ku mudannay jeelkii xumaa ee SSDF-ta, sidii aannu nimanka ugu gacan galnay iyo sidii uu Ilaahay nooga soo samatabixiyey. Waxaannu uga warrannay waxaas aan xagga sare kaga soo warramay iyo wixii aan illoobay. Annana waxaannu ka waraysannay wixii dunida ka dhacay intii aannu ka xidhnayn, raggii aannu isku xerta ahayn xaggay ku dambeeyeen iyo waxay ka muteen dagaalkii.

Maalintii labaad ayaa dhammaantayo nalagu casuumay guri ku yaal magaalada Laascaanood dhexdeeda oo uu lahaa nin wadaad ahi. Annaga oo qadadii u fadhinaya ayaa albaabka la soo garaacay. Mise waaba ninkii askariga ahaa ee Ina Januune oo degta ku sita qori Soodh-cadde ah. Waxaa korkiisa ka muuqatay diif iyo daal. Wuxuu soo lugeeyey tan iyo Garoowe.

Markii aannu aragnay, ayuu qolkii lagu cuntaynayey wada guuxay. Anigu waxaan ka mid ahaa dadkii isu taagay ee shafka ku salaamay. Wuxuu noo sheegay in uu lafihiisa la soo baxsaday oo la ogaaday in uu ku

---

[82] Xoomay = ku soo ururay

shaqo leeyahay soo baxsadkayaga. Al-xamdulillaahi rabbil caalamiin!

Waxaannu ka waraysannay ninkii dhakhtarka ahaa ee naga hadhay xaalkiisa iyo nimankii nagu qayliyey markii aannu soo baxaynay waxay ahaayeen. Wuxuu noo sheegay horta in ay nimanku ahaayeen qaar iska warwareegayey oo qayilsanaa. Markaas, markii ay arkeen isaga ayey iska illoobeen wixii ay arkayeen oo ay moodeen dad meesha iska marayey. Asaguna sidaas ayuu u xaqiijiyey. Dabadeed wuxuu ku laabtay hoolkii aannu ku xidhnaan jiray si uu u hubiyo in wax lagaga tegey. Mise waxaaba dhex fadhiya dhakhtarkii oo meel koone ah isku kuusaya. *"War maxaa meesha ku dhigay?"* ayuu ku yidhi Ina Januune. Qolkii ayuu ka soo saaray. Waxaana uu faray in uu ka daba cararo raggii kale. Wuuna u tilmaamay meeshii ay mareen.

Dhaktarka laftiisu wuxuu noo yimid laba cishi ka bacdi, waxaana uu noo sheegay in uu xaggii aannu u baxnay u soo kacay, dabadeed markii uu na waayey ayuu iska jiifsaday meel dugsi ah. Niman culimo ahaa oo reer Garoowe ah, kana tirsanaa raggii ku jiray qorshaha samatabixinta ayaa salaaddii hore soo baxay, si ay uga war doonaan in raggii wax ka hadheen iyo in kale. Dabadeedna waxay ku soo bexeen dhakhtarkii oo meel dugsi ah hurda. Halkii ayey ka soo kexeeyeen iyagoo qarinaya. Guri ayey keeneen oo ku qariyeen. Markii uu laba cisho joogay ayey baabuur xagga Laascaanood u baxayey soo saareen. Sidaas ayuu ninkii noogu dambeeyeyna kaga soo badbaaday jeelkii.

GURYO NOQOSHO IYO GO'AAN

Markii ay noo warrameen reer Laascaanood waxaannu ogaannay warar fara badan oo naxdin iyo farxadba leh. Waxaa naloo sheegay in wadaadada intii ka soo hadhay ay joogaan gobolka Sanaag bari oo ay weliba ku xoogaysteen. Xarun waxaa u ah magaalada Laasqoray. Ciidamadii Cabdullaahi Yuusufna way iska kala tegeen oo hadda ma jirto khatar colaadeed oo wadaadada haysataa. Markaa waxaa noo furnaa in aannu aadno dhinacaas iyo Laasqoray ama aannu gobolladayadii kala qabanno. Qarash la'aan xoog leh ayaa jirtay oo wadaaddadu ma awoodayn in ay naga bixiyaan nool aannu ku aadno reerahayagii. Laakiin waxay awoodayeen in ay na saaraan baabuurrada u baxaya dhinaca Laasqoray. Xiitaa may awoodayn in ay noo gadaan kabo iyo maryo aannu xidhanno, illeen wax maryo ah ma aannu haysane. Markii aannu jeelka ka soo baxnay waannu wada kaba la'ayn, maxaa yeelay kabahayagii iyo wixii kale ee aannu alaabo haysannay waxay ku xidhnaayeen bakhaarkii jeelka. Culimadii nagu qaabishay Laascaanood waxay aad u jeclaayeen in aannu xoojinno ciidamada islaamka ee jooga Laasqoray oo aannu xaggaas u safarno.

Haddaba dadku waa kala afkaare aniga ima ay marayn in aan aado meel aan Hargeysa ahayn.

Dareenkaas waxaa ila qabay rag badan oo rabay wax deegaankoodii gaadhsiiya uun.

Aniga oo ka cuntaynaya makhaayad Laascaanood ah ayey indhahayagu isku dheceen nin. Ninku wuu i soo eegayey. Markaas ayuu i salaamay. Salaantii ayaan ka qaaday. Wuxuu i yidhi:

- Waar ninkii Ina Samatar ma tahay?.
- Haaye, adigu kuma ayaad ahayd?"
- Waxaan ahay nin Habar Jeclo ah. Waxaannu qaraabo nahay walaashaa caruurteeda.
- Haye
- "Waar in aad dhimatay ayaa laguu qabay ee bal xaalkaaga ka warran?" ayuu igu yidhi.

Waxaan u sheegay in aan hadda jeel ka soo baxay oo aan waddankii aadi doono, haddaan helo wax i gaadhsiiya. Waanan u sheegay sida aan meesha ugu caddilnahay ee aanan dhinacna u dhaqaaqi karin. Dabadeed wuxuu ii sheegay in uu gacanta ku hayo lacag ay walaashay leedahay oo uu isagu ugu shaqeeyo. Arrinkaas aad ayaan ugu farxay. Wuxuu ii sheegay in uu lacagtaas iga siin doono wixii aan rabo.

Runtii wuxuu ahaa nin ragannimo iyo ku dhac leh. Waxaan ka qaatay lacag dhammayd 200 000 shilin oo aniga si fiican ii geyn lahayd Hargeysa. Laakiin dadkii aannu isku lugta ahayn, waxay ahaayeen saddex kale iyo aniga. Saddexda kale waxay kala ahaayeen nin reer Boorame ah, nin reer Gebilay ah iyo nin Dir, Fiqi

Muxumed ah oo rabay in uu dhinaca Jabbuuti ama Itoobbiya kala hadlo qaraabadiisa. Waxaa iyana jeelka nagula jiray laba nin oo kale, mid reer Hargeysa ah iyo mid reer Burco ah. Kii reer Hargeysa waxaa jeelka laga sii daayey dhawr cisho ka hor soo baxsashadayadii. Sababta loo sii daayey waxay ahayd xanuun xagga caloosha ah oo ku xumaaday. Kii kalena markiiba Burco ayuu u soo dhaqaajiyey.

Markii aannu lacagtii yarayd gacanta ku dhignay ayaannu asxaabtayadii kale maca salaamaynay. Bas ayaannu u raacnay dhinaca Burco. Halkaas waxaa naloogu soo dhaweeyey si aad u sharaf badan. Waxaaba nooga sii horreeyey rag ka mid ahaa maxaabiistii. Dhawr cisho ayaannu Burco joognay. Waxaa dhakhtarka Burco naloogu sheegay in uu ku jiro ninkii Cigaal Shiidaad awoowga u ahaa oo buka. Halkii ayaannu ku booqannay. Aad ayuu uga mahad sheeganayey reer Burco. Sida aan war dambe ku helay halkaas ayuu ku geeriyooday Xasan Salaad Cali Cigaal Shiidaad. Ilaahay naxariistii janno ha ka waraabiyo.

Isla markiiba waxaannu u safarnay dhinaca Hargeysa. Waxaannu sii marnay Oodweyne, sababtoo ah weli wuu xidhnaa jidkii laamiga ahaa ee Berbera. Berigii horena isla Oodweyne ayaanu soo marnay sababtaas darteed. Magaalada Oodweyne waxaan ku sii tukannay masaajidka. Markaan ka soo baxnayna waxaa hortiisa nagu shaxaaday isla ninkii waagii horena nagu shaxaaday. Wuxuu ahaa nin korkiisa qurux iyo ladnaani ka muuqatay. Waagii hore ee aannu sii soconnay wuxuu basku nala soo maray waddo cadaadlay ag marta. Laakiin markan waxaa naloo sheegay in aan waddadaas la mari karin, waayo dagaalladii berigii hore Berbera ka socday ayaa soo durkay oo buuralayda Gacanlibaax ayaa la isku hor fadhiyey, jirtoo heshiis dhacay oo shirkii nabadda ee magaalada Sheekh uu qabsoomay. Baskii aannu saarnayn wuxuu nala maray tuulada Xaaxi, dabadeedna wuxuu magaalada Hargeysa nagala soo galay dhinaca Koonfureed. Halkaas ayuu iigu dhammaaday safarkaygii dheeraa ee yaabka lahaa. Ma xasuusto xitaa meel aannu habeenkii seexannay markaanu nimid Hargeysa.

Dadku aad ayey u sugayeen warkayaga, waanay naga heleen wax badan ilaa aan isaga baqay in laygu maahmamo: *"Ragga waxaa ugu war badan mardhoof iyo mar duule"*.

Haddaba nimankii ka tirsanaa ururkii al-itixaad ee dalka sii joogay waxaa ku badnaa dhaliisha ay u soo jeedinayaan dagaalka Bari iyo qorshihii lagu galay. Waxay u arkayeen qalad aan laga fiirsan, go'aan cid gaar ahi iska lahayd iyo awood lagu tagri falay. Ma xuma in qaladka la saxo. Laakiin kuwani beelo iyo xubno ayey dhaliisha u qarinayeen, iyagoo qaladkaas dartii ugu baaqayey in ururkan laga baxo. Waxaanse is waydiinayey: Haddii ay ku guulaysan lahaayeen Al-itixaad qabsashada bariga iyo badhtamaha Soomaaliya, kana dhisi lahaayeen maamul islaami ah dabadeedna ku fidi lahaayeen gobollada kale, maxay yeeli lahaayeen nimankan dhaliishooda laga nasan waayey?

Jawaabtu way iska fududdahay; waxay ku faani lahaayeen in ay jihaadka wax ka fuliyeen, in ay af iyo adduunba ku taageereen. Waxaanay u wada guuri lahaayeen gobolladaas. Kuwaasi waa indho-ku-garaadle. Bina aadanku sidoodaba way wada jecelyihiin guusha, waanay wada necebyihiin guuldarrada. Qof waliba wuxuu jecelyahay, haddii arrini socon waayo inuu eedda fashilka cid iska saaro, haddii guul la helana uu wax ka sheegto guushaas. Waxaa jira had iyo jeeraale dad raba in ay geeddiga kula socdaan bilaa nool. Taas waa in maanka lagu hayo.

Nimankii aannu rafiiqa ahayn waxay u sii gudbeen dhinaca galbeed, warkoodiina halkaas ayaa iigu dambaysay, marka laga reebo ninkii reer Gebiley.

Raggii aannu jeelka ku wada xidhnayn waxaa isugu kaayo dambaysay maalintii; qof deegaanku na kulmiyey mooyaane. Waxaa kale oo aannu mar Adis- Ababa isku aragnay nin ka ganacsanayey dalka Itoobbiya gaar ahaan dhulka Tigreega. Ninkaasi waxa uu ii sheegay in lagu xidhay magaalada Maqalle ee caasimadda Tigreega, wixii uu xoolo sitayna halkaas ayaa lagaga dhacay. Waxaa beenoobay malahaygii ahaa in aannu weligayo isku xidhnaan doonno. **Waxaannu jeelka ku jirnay qiyaastii afar bilood iyo toban cisho.**

AMUURO XUS MUDAN

- **Nimankii Oromada ahaa**

Nimankii Oromada ahaa si wanaagsan loolama dhaqmin markii aannu soo samatabaxnay. Geeska ayaa la geliyey si gaarkood ah ayaanay ugu ambabexeen dhulkoodii. Waxaannu isku aragnay Burco, haddana Hargeysa.Waxay u eekaayeen qaar cidlo lagaga tegay. Aad ayaan uga xumahay. Sababta ugu weyn ee Geeska loo gelinayey waxay ahayd iyadoo lagu tuhunsanaa in ay la shaqeeyeen dhinaca kale. Laakiin waxa hubaal ah in cunsuriyadda iyo isirtakoorku meel walba yaallaan. Waxaan rumaysanahay in qofka shisheeyaha ah si sahlan loogu nabi karo dembi aanu shaqo ku lahayn.

- **Waardiyihii na fakiyey**

Ninkii Cabdirisaaq Januune ee soo deyntayada ka qayb qaatay, waxaan kula kulmay magaalada Hargeysa 1993kii isaga oo lagu dhacay jidka u dhexeeya Jabuuti iyo Hargeysa. Sida uu ii sheegay, wuxuu bilaabay inuu ka ganacsado inta u dhaxaysa Jabuuti Hargeysa iyo Dirirdhaba. Markaa isaga oo alaabo ganacsi ku wata gaadhi oo Jabuuti ka yimid, ayey jidka ka heleen niman dhuljiif[83] ah oo Dayday ah. Wixii uu sitay iyo wixii dadka kale siteenba way ka dheceen. Aniga oo sii gelaya masaajid Jaamaca weyn ee Hargeysa wakhtiguna yahay salaaddii casar, ayaan arkay nin dheer oo gadh weyn oo ii soo

---

[83] Dhuljiif = waa budh cad hubaysan oo dadka socotada ah jidka u gala oo ku dhaca.

dhoollacaddaynaya. Alla! Waaba Cabdirisaaq Januune. Waanu isku dhegdhegnay. Diif iyo daal ayaa wejigiisa ka muuqday. Saacado ka hor ayaa la ii sheegay nin i raadinaya, laakiin ma filayn in uu noqonayo ninkii jeelka iga soo samatobixiyey. Waxaan ka sii bixiyey noolka ilaa magaalada Burco aniga oo kaashaday saaxiibaday, waxaanan u qoray reer Burco warqad aan ku ballaminayo hagaajinta Ina Januune, waanay hagaajiyeen. Qofkii axsaan sameeya abaalgudkeeda wuu helaa akhiro iyo adduunka kii ay noqotaba.

Dhammaad
Daabacadda 3aad
2022

La filayo sannadkan 2022

Qaar ka mid ah buugaagtii hore ee qoraaga

www.ingramcontent.com/pod-product-compliance
Ingram Content Group UK Ltd.
Pitfield, Milton Keynes, MK11 3LW, UK
UKHW012248290726
14090UKWH00013B/522